Thomas Gelfert

TESTAMENT7

Das Geheimnis von Villstein

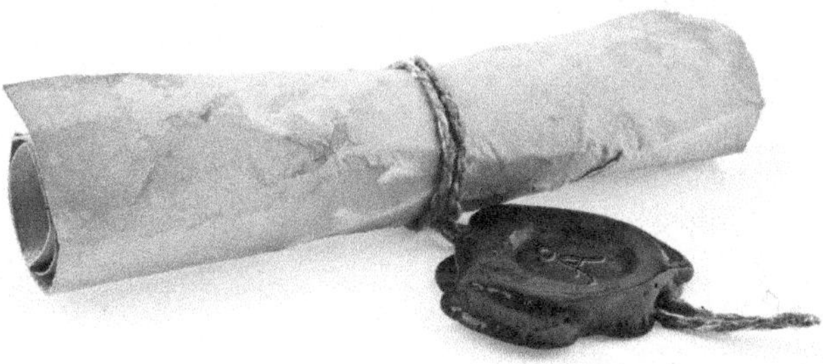

Thomas Gelfert
Testament7: Das Geheimnis von Villstein

Best.-Nr. 271 583
ISBN 978-3-86353-583-4
Christliche Verlagsgesellschaft Dillenburg

Best.-Nr. 170 125
ISBN 978-3-85810-520-2
Verlag Mitternachtsruf, www.mnr.ch

Die Bibelstellen wurden zitiert nach:

Elberfelder Bibel 2006

bibel.heute

Lutherbibel, revidiert 2017

1. Auflage

www.cv-dillenburg.de
Umschlaggestaltung: Thomas und Claudia Gelfert
Satz und Illustration: Thomas Gelfert
Umschlagmotiv: © Thomas Gelfert
Druck: GGP Media GmbH, Pößneck
Printed in Germany

Inhalt

Vorahnung

Kapitel 1

Eine Eule flatterte erschrocken auf, als ein schweißnasser Junge quer über den Marktplatz von Villstein jagte. Er huschte hinter einen Mauervorsprung und lugte vorsichtig um die Ecke. Niemand zu sehen. Dominik sprang auf und hastete durch eine enge Gasse. Dann bog er wieder ab und wechselte noch einmal die Richtung. Wusste er gar nicht, wohin er rannte? Schließlich erreichte er ein großes Gebäude, lehnte sich an und verschnaufte. Da hörte er etwas. Ein kratzendes Geräusch …

„Gong, Gong, Gong ..." Erschrocken fuhr er zusammen. Die große Glocke der Villsteiner Marktkirche kündigte Mitternacht an. Überstürzt jagte er um die Kirche herum und lief geradewegs auf den Bergfluss zu. Er musste fliehen! Beinahe wäre er die Böschung hinabgestürzt. Noch ganz benommen rannte er weiter, in den Wald hinein. Immer tiefer. Das Mondlicht konnte kaum durch die dichten Nadelbäume dringen. Bald wusste er nicht mehr, wo er eigentlich war. Jetzt begann es schon wieder zu regnen. Aber das spürte er gar nicht. Er musste schnell weiter.

„Dieser Mann darf mich nicht erwischen", hechelte er.

Mühsam kraxelte Dominik einen steilen Felsen hoch. Durch den Regen war alles glatt und glitschig geworden. Dominik griff nach einem kleinen Felsvorsprung, rutschte ab und stürzte. Er krachte rückwärts auf einen Ast, machte einen Überschlag, schleifte an einem rauen Stein entlang und prallte gegen einen großen Baum. Einen Moment lang blieb er reglos liegen. Langsam stemmte er sich hoch und spürte, dass sein Arm schmerzte. Er tastete seinen Kopf ab und bemerkte eine Beule.

Die Kollision mit dem Baum schien Dominik wieder zurück in die Wirklichkeit geholt zu haben. Klatschnass, mitten im strömenden Regen, fragte er sich:

„Wo bin ich? Was mache ich hier überhaupt? Und wie bin ich hierhergekommen?" Er schaute sich um. Alles dunkel. Die dicken Regenwolken hatten sich vor den Mond geschoben, und der Wind peitschte die Regentropfen auf sein Gesicht. Er konnte nicht erkennen, wo er gelandet war. Was nun? Gerade klarte der Himmel ein wenig auf, und Mondlicht brach sich den Weg durch die Baumwipfel. Für einen kurzen Augenblick glaubte er, einen Felsvorsprung zu erkennen. Langsam tastete er sich vorwärts. Schritt für Schritt. Schließlich erreichte er den Felsen, der sich als kleine Höhle entpuppte, und kroch ins Trockene. Völlig erschöpft sank er zu Boden. Er versuchte nachzudenken. Was war geschehen?

Da war dieser unbekannte Mann gewesen. Er strahlte etwas Vertrautes aus, dennoch war er ihm völlig fremd. Dieser Mann hatte seine Hand nach ihm ausgestreckt. Daraufhin hatte es Dominik mit der Angst zu tun bekommen und war losgerannt. Er war vor diesem unbekannten Mann geflohen. Aber hier war niemand. Weit und breit kein Mensch. Nur dieses Mistwetter und er. War das alles nur ein böser Traum? Ein Albtraum? Schon wieder!? Dominik stöhnte und starrte in den Regen.

In einem kleinen Haus in der Gartenstraße durchsuchte eine aufgelöste Mutter das ganze Haus nach ihrem Sohn. Ein dumpfer Knall hatte sie aus dem Schlaf gerissen. Es klang, als hätte jemand die Haustür zugeschlagen. Schnell überprüfte sie die Zimmer ihrer Kinder und fand Dominiks Bett leer vor.

Ununterbrochen rief sie nach ihrem Sohn, während sie mit flatterndem Morgenmantel umherlief, jedes Zimmer durchsuchte und dabei ihre Töchter aufweckte. Da bemerkte sie, dass Dominiks Schuhe und Jacke fehlten. Ob er nach draußen gegangen war? Aber warum? Mitten in der Nacht? Bei diesem

Wetter? Ein Handy besaß Dominik nicht, sodass sich seine Mutter nicht anders zu helfen wusste, als die Polizei anzurufen und eine Vermisstenanzeige aufzugeben. Der Polizeibeamte am Telefon war zufällig Frederic Schäfer, besser bekannt als Freddy, ein guter Freund. Er schlug vor, Dominiks Freunde für eine Suchaktion mit ins Boot zu holen.

Eine gefühlte Ewigkeit später klingelte es an der Wohnungstür, und Dominiks Mutter öffnete. Freddy stand mit einem Kollegen, einem Schäferhund und Dominiks Freunden Paul, Sarah und Samuel im Schlepptau bereit, um die Suche zu starten. Auch Pauls Vater Markus hatte sich ihnen angeschlossen. Freddy gab noch einige Anweisungen und verteilte zwei Walkie-Talkies, dann schwärmten alle aus und durchsuchten systematisch das nächtliche Villstein.

Von dem ganzen Trubel wurde auch Dominiks Nachbar, Herr Müller, der alte Bürgermeister, aufgeweckt. Es dauerte nicht lange, bis er vorbeischaute und sich erkundigte, was passiert sei. Nach fast zwei Stunden in Wind und Regen waren alle ordentlich nass geworden und fanden sich wieder im Haus von Dominiks Familie ein. An ihren frustrierten Gesichtern konnte seine Mutter ablesen, dass die Suche bislang erfolglos geblieben war. Sie überlegten, wo sie Dominik noch suchen sollten. Da kam dem alten Bürgermeister ein Gedanke. Er schlug vor, im angrenzenden Wald zu suchen. Sofort reagierten alle mit Unverständnis und Verwunderung. Der Wald war doch viel zu groß. Wie sollte man da jemanden finden – mitten in der Nacht? Doch er winkte ab und erklärte mit nachdenklichem Gesicht, dass er vermutlich wüsste, wo Dominik Schutz vor dem Regen gesucht haben könnte.

Irritiert, aber hoffnungsvoll machten sich alle auf den Weg, der alte Mann voraus. Er führte sie quer über den Marktplatz, vorbei an der Kirche, zum großen Bergfluss, den Paul nur zu gut kannte. Obwohl es schon eine Weile her war, erinnerte er sich noch gut daran, wie er unter vollem Einsatz Dominik vor dem Ertrinken gerettet hatte. Schließlich führte Herr Müller die Gruppe ein Stück am Fluss entlang und bog dann in einen kleinen Waldweg ein. Einige Minuten später erkannte man in der Ferne einen großen Felsvorsprung. Und Herr Müller seufzte erleichtert: „Da! Seht ihr? Da drüben, der Felsen."

Freddy ließ den Hund von der Leine.

„Dominik! Doooooominik!", rief seine Mutter aus Leibeskräften. Auch die anderen eilten zu dem Felsen, der wie ein großes Dach geformt war, und riefen nach dem verschwundenen Jungen.

„Hey, mein Guter. Was machst du denn hier?" Dominik war von Freddys Hund gefunden worden. Der schleckte ihn schon kräftig ab, als Samuel die Anhöhe erreichte. Er leuchtete in eine dunkle Ecke, die wie eine Höhle aussah, und entdeckte ihn. „Dom! Alles klar bei dir?"

„Ich ... weiß nicht."

Inzwischen waren auch die anderen bei der Höhle angekommen. Behutsam nahm Dominiks Mutter ihren Sohn in den Arm und bemerkte seine Wunde am Arm. „Alles ist gut", flüsterte sie ihm ins Ohr und tupfte ihm vorsichtig das Blut vom Arm. „Da hast du wohl noch mal Glück gehabt. Der Kratzer an deinem Arm ist nicht sehr tief." Sie holte eine Binde aus ihrer Jackentasche und verband damit Dominiks Arm sorgfältig.

„Sie sind aber gut ausgerüstet", staunte Sarah.

„Nun ja, bei Dominik bin ich es inzwischen gewöhnt, öfters mal Beulen und Kratzer zu behandeln. Es ist ein Wunder, dass er sich bisher niemals ernsthaft verletzt hat."

„Jetzt bin ich aber neugierig", sagte Polizeimeister Freddy Schäfer. „Herr Müller, woher wussten Sie, dass Dominik hier sein würde?"

„Das würde uns auch mal interessieren", meldeten sich Sarah und Samuel gleichzeitig zu Wort.

„Nun", ächzend ließ der alte Mann sich auf einem Felsvorsprung nieder, „kennt niemand mehr die Legende von Vill, dem Streuner? Es ist fast schon ein Mythos. Die Geschichte Villsteins. Wisst ihr, wie die Stadt zu ihrem Namen kam?"

Jeder der Anwesenden schüttelte den Kopf.

Sarah setzte sich neben Herrn Müller und schaute ihn erwartungsvoll an. „Bitte erzählen Sie uns diese Geschichte."

„Hm, eigentlich bin ich kein guter Geschichtenerzähler. Das machte immer mein … Bruder." Er räusperte sich kurz und begann: „Es war einmal vor langer Zeit ..."

Samuel zog die Augenbrauen hoch. „Is' nich' Ihr Ernst."

Selbst Paul konnte sich ein Grinsen nicht verkneifen.

Doch Herr Müller ließ sich nicht beirren. „Vor vielen hundert Jahren, als unsere Stadt nicht viel mehr als ein kleines Dorf ohne Namen war, ereignete sich eine Tragödie. Einst lebte ein einsamer, alter Mann im Wald, ein Streuner, wie manche sagen. Nur sehr selten bekam man ihn zu Gesicht. Eigentlich wusste niemand, wer er war und woher er kam. Er soll einmal gesagt haben, dies sei sein Wald, weil er sich so mit ihm verbunden fühlte. Eines Tages durchquerten einige Pferdekutschen den Wald. In hohem Tempo rumpelten sie die unwegsame Waldstraße entlang. Dabei waren sie so schnell, dass ein kleines weißes Leinenbündel vom Wagen fiel und im weichen Moos landete. Die Pferdegespanne verschwanden in der Ferne. Kurz darauf galoppierten einige bewaffnete Reiter hinter den Kutschen her.

Der alte Mann hatte sich in seiner Ruhe gestört gefühlt und war zur Waldstraße gekommen, um nachzusehen, wer diesen Lärm verursacht hatte. Doch da war niemand mehr.

Plötzlich zuckte er zusammen. War da nicht ein Geräusch? Ganz bestimmt. Da weinte jemand ganz erbärmlich.

Mit weit aufgerissenen Augen blieb er abrupt stehen. Er konnte nicht glauben, was er da entdeckt hatte. Vor ihm, im Moos des Waldes, zappelte ein kleines Baby mit seinen dünnen Ärmchen und schluchzte jämmerlich. Es war sicher noch nicht einmal ein Jahr alt. Völlig verwirrt schaute er sich um.

Doch er konnte keine andere Menschenseele entdecken. Langsam kniete sich der alte Mann nieder. Behutsam hob er das kleine, zappelnde Bündel auf und murmelte: ‚Die haben dich wohl verloren.'"

„Waas?", rief Paul empört aus. „Das kann doch nicht wahr sein! Wie kann man denn sein Kind verlieren?"

Herr Müller hob die Hand. „Mein Junge, früher waren die Waldstraßen wirklich sehr unwegsam und holprig. Da konnte so manches passieren."

„Erzählen Sie bitte weiter", bat Sarah. „Was wurde aus dem Kind?"

Paul begann zu zittern. Er war ziemlich durchnässt vom Regen. „Muss das jetzt wirklich sein? Mir ist kalt."

Mit einem Gesichtsausdruck wie ein treues Hündchen bat Sarah: „Bitte, Paul. Das interessiert mich wirklich."

„Na schön", grummelte Paul. „Aber bitte, Herr Müller, erzählen Sie schneller!"

Herr Müller lächelte und fuhr fort: „Man erzählte sich, dass der alte Mann das Kind gepflegt und großgezogen, ja, es wie sein eigenes behandelt und geliebt habe."

„Was denn, mitten im Wald?", wandte Samuel erstaunt ein.

„Ganz recht. Es heißt, dass dieser Mann im Wald in einer kleinen Höhle lebte und deshalb den Wald auch seinen Wald nannte. Jedenfalls geht die Geschichte noch weiter."

Sarah schmiegte sich an Herrn Müllers Schulter. „Hach, ich liebe Geschichten. Hoffentlich gibt es ein Happy End."

„Hm … lass mich kurz überlegen. Es war etwa sechs Jahre später, als ein wohlhabendes Ehepaar aus Italien das Dorf besuchte. Wie sich herausstellte, waren die beiden auf der Suche nach ihrem verlorenen Kind. Vor mehreren Jahren hatten sie aus ihrem Heimatort fliehen müssen. Auf ihrem Weg hatten sie die Alpen passiert, den großen Wald durchquert und sich schließlich in Deutschland angesiedelt. Der Mann musste die Pferde im Zaum halten, während seine kranke Frau hinten im Wagen eingeschlafen war. So bemerkten sie erst viel später, dass sie ihr Kind verloren hatten. Es war eine schlimme Zeit. Da sie verfolgt wurden, konnten sie nicht mehr umkehren. Erst Jahre später, als ihre Verfolger verstorben waren und sie wieder in ihre alte italienische Heimat zurückkehren konnten, fassten sie Mut und begaben sich auf die Reise – die ehemalige Fluchtroute entlang. Niemals hatten sie die Hoffnung aufgegeben, dass ihr Kind überlebt haben könnte."

„Dann müsste der Streuner ja so etwas wie ein Held gewesen sein." Dominik schaute Paul an. „So wie du."

„Ja. Ich denke, das kann man so sagen." Herr Müller erhob sich wieder von dem kalten Felsen und ging einige Schritte umher. „Als das Ehepaar im Dorf angekommen war, besuchten die beiden eine kleine Schänke. Dort unterhielten sie sich mit dem Gastwirt, dem natürlich sofort die mysteriöse Geschichte mit dem alten Streuner einfiel, der urplötzlich ein Kind hatte. Voller Hoffnung machten sie sich auf den Weg, um den Mann im Wald und damit womöglich ihr Kind endlich zu finden."

„Hm", murmelte Sarah, „ich könnte mir vorstellen, dass er das Kind inzwischen sehr mochte und vielleicht gar nicht wieder hergeben wollte."

Samuel verschränkte die Arme. „Oder er würde einen dicken Finderlohn raushauen."

Herr Müller fuhr fort: „Tja, der Erzählung nach liegst du gar nicht so falsch, Sarah. Die Sache machte natürlich schnell die Runde in dem kleinen Dorf, sodass nicht nur die aufgeregten Eltern, sondern noch ein Dutzend weiterer Leute den Wald nach dem alten Streuner absuchten. Schließlich fand man ihn am Eingang einer kleinen Höhle." Jetzt zog Herr Müller einen großen Kreis mit seinem Arm. „DIESER Höhle!"

„Was? Hier?" Alle in der Runde schauten sich erstaunt um.

„Ja. So sagt es die Legende von Villstein."

Dominik gähnte. Er stemmte sich hoch, ging einige Schritte umher und kratzte sich am Kopf. „Sagt mal, Leute, was machen wir hier überhaupt? Wie bin ich hierhergekommen? Mein Kopf fühlt sich wie Watte an. Draußen sieht's noch ziemlich dunkel aus. Was macht *ihr* eigentlich hier?"

Seine Mutter stand auf und drückte ihren Sohn an sich. „Du bist mitten in der Nacht von zu Hause weggelaufen. Ich hab mir riesige Sorgen gemacht. Glücklicherweise kam Herr Müller auf die Idee, dich hier zu suchen."

Freddy, der Polizist in der Runde, fragte Dominik: „Warum bist du mitten in der Nacht abgehauen? Was hat dich in den Wald getrieben?"

„Ich ... ich weiß nicht. Da sind nur lose Fetzen eines Traumes in meinem Kopf."

Paul war inzwischen neugierig geworden und lenkte das Gespräch wieder auf die Geschichte des alten Bürgermeisters. „Herr Müller, wie kam es denn jetzt zu dem Namen der Stadt Villstein?"

„Nun, als sich die vielen Leute der Höhle näherten, wurde der alte Mann misstrauisch. Er versteckte das Kind im hintersten Teil der Höhle und ging hinaus, um die Fremden abzulenken. Schnell traten die Eltern hervor und fragten nach dem Kind. Der alte Mann bestätigte, dass er vor mehreren Jahren ein kleines Kind im Wald nahe der Waldstraße gefunden hatte. Die Eltern konnten es kaum fassen, und so fragten sie nach, ob es ein Junge sei. Auch das bejahte der Mann. Voller Vorfreude wollten sie natürlich endlich wissen, wo sich ihr Sohn befand. Der alte Mann ahnte, dass man ihm sein Kind wegnehmen wollte, und so bekam er Panik und versuchte, die Leute zu vertreiben. Einer der Dorfbewohner hatte eine Mistgabel dabei und drohte dem alten Mann. Der bekam es nun mit der Angst zu tun und flüchtete sich auf einen großen Felsen. Und zwar auf genau diesen breiten Stein über uns, der wie ein Dach auf dieser Felsspalte liegt und somit diese Höhle ergibt. Doch dann geschah das Tragische. Er verlor den Halt, rutschte ab und stürzte in die Tiefe. Dabei schlug er mit dem Kopf auf einem

Felsen auf. Kurz darauf starb er. Das Einzige, was er noch sagen konnte, war: ‚Guter Junge.'"

Traurige Stille erfüllte die Höhle. Wind und Regen hatten aufgehört. Das Einzige, was man jetzt hörte, war ein kleines Rinnsal, das durch die Höhle floss und noch von dem starken Regenguss zeugte.

„Die Eltern durchsuchten die Höhle und waren überglücklich, ihren Sohn endlich gefunden zu haben. Sie erkundigten sich nach dem Namen des alten Mannes, der ihren Sohn gerettet hatte. Man kannte ihn nur als Vill, den Streuner. Deshalb nannte man diesen großen Stein fortan den ..."

„Villstein!", fiel Paul ihm direkt ins Wort.

„Richtig. Natürlich waren alle sehr traurig über diesen tragischen Unfall. Deshalb gab man dem Dorf zu seinen Ehren den Namen Villstein, und das Ehepaar ließ sich hier nieder, statt wie geplant nach Italien zurückzukehren, und gilt seither als eine von zwei Gründungsfamilien der Stadt. Später wurde übrigens bekannt, dass nur die Frau ursprünglich aus Italien stammte. Ihr Mann war ein wohlhabender ehemaliger Schiffskapitän aus den Niederlanden."

„Das ist äußerst interessant." Pauls Vater verschränkte die Arme und zwirbelte seinen Bart. Das machte er immer so, wenn er angestrengt nachdachte. Als Geschichtswissenschaftler war er immer an historischen Hintergründen interessiert, besonders wenn es um Villstein, seinen neuen Heimatort, ging. „Aus den Niederlanden, sagen Sie? Diese Familie hieß nicht zufällig Vanbrugg?"

„Doch, genau so", nickte der alte Bürgermeister Müller und runzelte die Stirn dabei. „Warum? Ist das so bedeutsam?"

„Erinnert ihr euch an unser letztes Abenteuer? Der Suche nach dem ersten der legendären sieben Testamente? Ich war damals schon über den Namen Vanbrugg gestolpert. Wenn er derselbe Vanbrugg ist wie der Stadtgründer, haben wir vielleicht eine heiße Spur zum zweiten Testament. Als ich in den letzten Wochen die Höhle und das erste Testament - das Buch der Wahrheit – genauer untersuchte, fand ich Hinweise darauf, dass ein zweites Testament in Villstein zu finden sein könnte."

„Was denn, hier in unserem Villstein? Das gibt's doch nicht. Hier ist doch sonst nix los!" Dominik konnte es kaum fassen.

Pauls Vater trat an den Ausgang der Höhle. „Ich schlage vor, dass wir das später besprechen. Wir sollten den Rest der Nacht woanders verbringen."

„Das ist eine sehr gute Idee, Herr Steinbach." Herr Müller rieb sich den Rücken. „Ich sehne mich nach meinem Bett. Immerhin bin ich auch nicht mehr der Jüngste. Solche nächtlichen Aktivitäten strengen mich an."

Gemeinsam verließen sie die Höhle und traten den Rückweg an. Sarah drehte sich noch einmal um, blickte zum Himmel empor und dankte Gott, dass er Dominik vor Schlimmerem bewahrt hatte und sie ihn hier gefunden hatten.

Ursache und Wirkung

Kapitel 2

Die Schulglocke kündete vom unvermeidlichen Beginn des neuen Schultages. Als Dominik total zerknittert auf dem Schulhof ankam, musste er sich erst einmal durch Horden von Schülern arbeiten, um den Eingang des Schulgebäudes zu erreichen. Dort warteten bereits seine langjährigen Freunde Samuel und Sarah. Sein Lebensretter Paul war auch schon da. Durch seinen Umzug nach Villstein besuchte er jetzt dieselbe Schule wie er. Glücklicherweise war Paul sogar in dieselbe Klasse gekommen wie Dominik und Sarah. Der ein Jahr ältere Samuel war eine Klasse über ihnen. Das änderte aber nichts daran, dass sie alle zusammen ein cooles Team waren und sich in den Pausen fast immer trafen.

Doch seit einigen Tagen war es anders. Völlig in Gedanken versunken stolperte Dominik an seinen Freunden vorbei, ohne Notiz von ihnen zu nehmen.

„Hey Dom!", rief Sarah ihm fröhlich zu, aber er reagierte gar nicht. Zu Samuel und Paul gewandt grummelte sie: „Sagt mal, geht's nur mir so, oder stimmt was nicht mit ihm?"

Samuel nickte nachdenklich. „Du hast recht. Seit einigen Tagen scheint er total weggetreten zu sein."

„Äh ja. Hi." Anscheinend hatte Dominik doch etwas mitbekommen, trottete aber schon wieder weiter.

Er konnte es nicht sehen, aber sein Freund Paul machte ein sorgenvolles Gesicht, verschränkte die Arme und rief ihm nach: „Ehrlich gesagt, mache ich mir echt Sorgen um dich, Dom."

Dominik blieb stehen und seufzte. Langsam drehte er sich um und fühlte sich von den dreien regelrecht mit den Augen festgenagelt.

„Ach was. Es ist nichts.“ Schnell drehte er sich wieder um. Er betrat das Schulgebäude und tat so, als wäre nichts gewesen.

„Und was war gestern Nacht?“, hörte Dominik noch jemanden rufen. Doch er ignorierte es einfach und lief weiter. Etwas später erreichten Sarah und Paul das Klassenzimmer. Sie mussten sich erst einmal die Ohren zuhalten, denn ihre Klasse schien sich mal wieder im Chaosmodus zu befinden. Es hörte sich an, als würden alle durcheinander schreien. Einige spielten Fangen oder hockten auf den Bänken. Schon im letzten Schuljahr hatte es immer mehr Zwischenfälle gegeben mit vorlauten Schülern, zornigen Lehrern und dem Umstand, dass der Unterricht kaum noch Freude machte. Irgendjemand störte immer. So kam es, dass sich die bisherige Klassenlehrerin frustriert an eine andere Schule hatte versetzen lassen und erklärte, dies sei eine freche und unbelehrbare Klasse. Aufgrund von Lehrermangel wurden die ersten Schulwochen daher nur notdürftig durchgeführt. Doch heute sollte ein neuer Klassenlehrer einspringen. Jemand, den hier noch niemand kannte.

Sarah und Paul bahnten sich einen Weg durch herumschwirrende Papierflieger und wären beinahe auf einem Haufen harter Erbsen ausgerutscht, die einer der Schüler als Munition verwendete, wenn er die Papierflieger mit seiner selbstgebauten Luftballonkanone abschoss.

Dominik saß ganz hinten und hatte den Kopf in den Händen vergraben, sodass er nicht bemerkte, wie Sarah und Paul auf ihn zukamen.

Behutsam legte Sarah ihm die Hand auf die Schulter.

Reflexartig zuckte er zusammen. „Was? Wie? Oh, ihr seid's.“

Mit ernstem Gesicht beugte sich Paul zu Dominik und sagte herausfordernd: „Dom, du bist uns eine Erklärung schuldig. Warum hast du letzte Nacht …?“

Paul konnte seinen Satz nicht vollenden, denn plötzlich ertönte ein lautes, durchdringendes Geräusch. Erschrocken schaute er sich um.

Mit voller Inbrunst blies ein Mann in ein eigenartiges Objekt. Schlagartig war die ganze Klasse still. Alle Augen waren zum Eingang gerichtet. Der neue Klassenlehrer war soeben eingetroffen und musterte die Schüler.

„Guten Morgen! Mein Name ist Titus Prankowski – euer neuer Klassenlehrer. Ich unterrichte Deutsch und Geschichte. Bitte setzt euch!" Dieser Auftritt wirkte. Obwohl er ruhig und freundlich sprach, waren alle mucksmäuschenstill und ließen sich auf ihren Plätzen nieder.

„Wer von euch weiß, welches Instrument das hier ist?" Er hielt das komische Ding hoch, mit dem er den Lärm veranstaltet hatte. Es war vielleicht einen knappen Meter lang, leicht gebogen und mehrmals gewunden; auf der einen Seite spitz zulaufend und auf der gegenüberliegenden Seite etwas breiter geöffnet.

Eine ganze Weile war es still im Raum.

„Sieht wie ein Widderhorn aus", murmelte Dominik ziemlich leise, doch Herr Prankowski hatte es mitbekommen.

„Hervorragend!" Er ging einige Schritte auf Dominik zu. „Wie heißt du? Mich würde außerdem interessieren, woher du darüber Bescheid weißt."

„Dom, ähm, Dominik. Unser Nachbar hat so ein Ding in seinem Wohnzimmer hängen."

„Ah, interessant. Du hast absolut recht. Hierbei handelt es sich um ein Widderhorn. Man nennt es übrigens auch Schofar. Wisst ihr, zu welchem Zweck man den Schofar früher geblasen hat?"

Wieder Stille in der Klasse.

Sarah meldete sich und erklärte fröhlich: „Soweit ich mich erinnere, wollte man damit die Menschen zusammenrufen. Ich bin übrigens Sarah."

„Sehr schön! Damit sind wir auch schon mitten in unserem heutigen Unterrichtsthema angelangt. Es geht um historische Musikinstrumente. Vielleicht fragt ihr euch jetzt, was

Musikinstrumente mit Geschichtsunterricht zu tun haben, aber ihr werdet feststellen, wie wichtig bestimmte Instrumente in der Geschichte der Menschheit waren. Und zwar nicht nur zum Musizieren."

So begann der erste Tag dieser Schulwoche recht ungewöhnlich. Er war zugleich der erste ruhige Schultag dieser Klasse seit Monaten.

Anfangs empfand Dominik den neuen Klassenlehrer als ziemlich interessant. Doch seine Aufmerksamkeit schwand recht schnell, und die Gedanken kreisten wieder in seinem Kopf. Er dachte an das mysteriöse Mädchen aus der neunten Klasse und die schrecklichen Träume, die ihn in letzter Zeit plagten. Zudem fragte er sich seit den Sommerferien vermehrt, was wäre, wenn er seinen Vater eines Tages kennenlernen würde. Sein Vater ... Der hatte seine Familie sitzen gelassen, weil Dominiks Mutter schwanger geworden war. Sie hätte ihr Kind abtreiben lassen sollen. Dann hätte es ihn – Dominik – überhaupt nicht gegeben. Jedes Mal, wenn er darüber nachdachte, zog es ihm den Magen zusammen.

Die Schulglocke unterbrach Dominiks trübe Gedanken. Er sprang auf und verließ schnell das Klassenzimmer. Zielstrebig steuerte er einen ganz bestimmten Raum im Keller des Schulgebäudes an. Bald hatte er die Tür erreicht. „Abstellraum" stand auf einem Schild. Mit zittrigen Händen ergriff Dominik die Türklinke und drückte sie langsam herunter. Er betrat einen schummrig beleuchteten, kleinen Raum, der mit allerlei Putzmitteln, Schrubbern und Kisten in Blechregalen vollgestellt war. Ganz hinten, in einer Ecke, saß ein schwarz gekleidetes Mädchen mit rosafarbenen Haaren. Sie schien Dominik schon zu erwarten, und er fragte sich insgeheim, warum sie andauernd hier unten anzutreffen war, anstatt in ihrer Klasse zu sitzen. Vor ihr standen einige Kerzen und eine kleine Schatulle mit eigenartigen Symbolen darauf. Dominik kannte nur das Pentagramm, die anderen Zeichen waren ihm fremd. Direkt vor dem Mädchen lag ein kunstvoll beschriebenes Holzbrett mit einer Buchstabenreihe und darunter einer Zahlenreihe. Auf einem kleinen purpurfarbenen Samtkissen entdeckte Dominik etwas, das wie ein winziger Knochen aussah. Er bekam schweißnasse Hände. Wie jedes Mal, wenn er hier war. Wortlos setzte er sich zu dem Mädchen. Das Mädchen entzündete irgendein stark riechendes Kraut, das den halben Raum vernebelte.

„Willkommen, Suchender!" Das Mädchen verdeckte ihr Gesicht mit den Händen und sprach langsam und mit tiefer Stimme. „Du willst wissen, ob dein Vater noch lebt. Ich werde für dich die Gei…"

In diesem Moment wurde die Tür aufgestoßen, und Samuel, Sarah und Paul stolperten hinein und trauten ihren Augen nicht.

Sarah musste husten und rief: „Dominik! Was treibst du da?" Fassungslos kamen Paul und Samuel auf ihren erschrockenen Freund zu und wollten ihn zur Rede stellen.

„Ich … ähm, also …" Dominik brachte keinen vernünftigen Satz zustande.

„Raus hier, und zwar sofort!" Im Befehlston zerrte Samuel Dominik hoch und verließ mit ihm den Abstellraum. Paul und Sarah schnappten sich Dominiks Schulsachen und folgten den beiden. Draußen suchten sie sich eine ruhige Ecke.

„Mensch, Alter, was habt ihr da gemacht? Das sah ja echt gruselig aus." Paul konnte das gar nicht einordnen. So etwas hatte er noch nie gesehen.

„Das … also …" Dominik stotterte.

„Ich kann dir sagen, was das war." Samuel verschränkte die Arme und schaute Dominik mit ernstem Blick an. „Eine okkulte Sitzung!"

„Eine WAS?" Sarah bekam große Augen. Zwar hatte sie schon mal was von Okkultismus gehört, aber so richtig konnte sie damit nichts anfangen. Sie wusste nur, dass es riskant war.

„Auf der Suche nach Dominik haben wir doch gelauscht."

„Ja, stimmt. Wir wussten ja nicht, wohin Dominik verschwunden war."

„Genau. Erinnerst du dich, was wir gehört haben? Ehe wir die Tür öffneten, haben wir draußen gehorcht. Das Mädchen fragte gerade, ob Dominik etwas über seinen Vater erfahren will. Nach dem, was ich dort gesehen habe, gehe ich davon aus, dass sie Geister befragen wollte. Deshalb dieses verzierte Holzbrett. Manchmal antworten sie sogar. Nur darf man dabei nicht vergessen, dass man sich mit einer unsichtbaren Welt einlässt, die ziemlich gefährlich ist. Nicht umsonst warnt uns schon die Bibel davor, solche Experimente zu machen."

„Uhhaa. Das ist ja schrecklich." Sarah fröstelte.

Unvermittelt schrie Dominik dazwischen: „Mann, ich wollte doch nur endlich mal was über meinen Vater erfahren! Das Mädchen hat mir erklärt, sie könne mit dem Geist meines Vaters Kontakt aufnehmen. Ihr habt ja keine Ahnung, wie das ist, wenn man jahrelang ohne Vater aufwächst und dann irgendwann einmal mitgeteilt bekommt, dass einen der eigene Vater gar nicht wollte."

Das wenigstens schienen seine Freunde zu verstehen. Sie schwiegen. „Wisst ihr, einerseits hasse ich ihn. Im Grunde kann er mir gestohlen bleiben. Ich will ihn überhaupt nicht sehen." Dominik stand auf und ging ein paar Schritte. Dann drehte er sich ein Stück um und ergänzte leise: „Aber andererseits vermisse ich ihn doch. So, als wäre er … ein Teil von mir, das fehlt."

Behutsam umarmte Sarah ihn und flüsterte: „Ja, das verstehen wir doch. Aber eins ist auch klar: Dieses Zeug, diese … Geisterbeschwörung, tut dir nicht gut. Seit Tagen bist du so komisch drauf und irgendwie nur halb anwesend. Wo ist denn der lustige Kerl, mit dem man allen möglichen Quatsch machen konnte?"

Paul und Samuel nickten.

„Hm ... mir kommt da gerade ein Gedanke." Paul bat Sarah und Samuel, sich mit ihm in einen Dreiviertelkreis zu stellen. Dann streckte er seine Hand in die Mitte des Kreises aus und sagte: „Einer für alle!"

Sarah und Samuel reagierten prompt. Sie legten ihre Hände auf Pauls und antworteten: „Alle für einen!"

Dominik zögerte einen Moment. Doch dann machte es klick. Mit einem Mal hellte sich sein Gesicht auf. Er trat zu seinen Freunden und schloss den Kreis, legte seine Hand oben auf und wiederholte: „Alle für einen! Wie damals, in der Höhle, als wir das erste Testament gefunden haben."

Lächelnd nickte Paul.

„So, und wenn die Schule geschafft ist, gehen wir Eis essen. Wir müssen Paul doch endlich mal unseren berühmten Italiener vorstellen." Sarah schien immer eine gute Idee auf Lager zu haben, um die Stimmung zu verbessern. So verlief der restliche Schultag ruhig, und alle freuten sich auf den Nachmittag in der Eisdiele.

Während der nächsten Stunden kam in Dominik die Frage auf, ob sein schlechter Schlaf mit diesem Mädchen zu tun haben könnte.

Eine heiße Spur

Kapitel 3

Es war ein wunderschöner Spätsommertag im September, als Dominik gemeinsam mit Sarah, Samuel und Paul in Richtung Villsteiner Marktplatz radelte.

Sichtlich außer Atem kam Dominik als Letzter am Fahrradständer an. Das kam eigentlich nie vor, immerhin war er der Sportliche unter seinen Freunden. Irgendwie fühlte er sich total aufgewühlt. Sein Vater, den er noch nie gesehen hatte, ging ihm einfach nicht aus dem Kopf. Und dann war da noch die Sache mit dem Mädchen im Keller. Irgendwie belastete ihn das alles.

„Hey, wartet mal auf mich! Nicht so schnell!", rief er, während die anderen schon in der Eisdiele verschwunden waren.

Sarah stellte Paul den Inhaber der Eisdiele vor. „Also, das ist Matteo, unser berühmter Italiener. Der beste Eisverkäufer der Welt!" Sie flitzte hinter die Theke und umarmte ihn zur Begrüßung.

Mit freundlicher Stimme und typisch italienischem Akzent begrüßte er Sarah. „Ah, ciao, amore mio."

„Darf ich vorstellen? Das ist Paul, unser neuer Freund, der erst vor einigen Wochen nach Villstein gezogen ist."

„Ah, okay. Ich verstehe. Wenn das so ist, müssen wir unseren neuen Freund natürlich noch standesgemäß willkommen heißen."

Dominik raunte Samuel zu: „Will er etwa den berühmten Mega-Eisbecher machen? Wie hieß der noch gleich …?" Kaum, dass er darüber nachdachte, lief ihm schon das Wasser im Mund zusammen.

Wenige Minuten später hatten die vier Freunde draußen vor der Eisdiele Platz gefunden und waren froh über den großen weißgelb gestreiften Sonnenschirm. Es dauerte nicht lange, da erschien Matteo mit einem Tablett. Schon von Weitem leuchteten viele frische Früchte, die rings um farbenfrohe Kompositionen aus Eiskugeln und Waffelröllchen kunstvoll angeordnet waren. Einer der Eisbecher stach regelrecht heraus. Das konnte man wörtlich nehmen. Dominik konnte den Waffelturm erkennen, der wie eine große Spitze in die Höhe ragte, gesäumt von mehreren bunten Eiskugeln, garniert mit drei verschiedenen Dessertsoßen, die mit dünnen Waffelröllchen gespickt waren. Als er die leckere Schokoladensoße über die bunten Früchte fließen sah, lief ihm das Wasser im Mund zusammen.

„Also, ich erinnere mich noch gut an meinen Eisturm", murmelte Dominik vor sich hin.

„Bitte, eure Eisbecher. So ... und für dich mein spezieller Willkommenseisbecher – der Eisturm von Villstein."

„Boah, ey." Paul fielen fast die Augen raus. „Wie soll ich das denn jemals schaffen?"

Mit einem breiten Grinsen war Dominik sofort zur Stelle und hielt seinen Löffel schon bereit. „Soll ich helfen, ja?"

„Nee, nix da! Dieses Opfer muss ich selbst bringen", sagte Paul, und alle mussten herzlich lachen.

„Halloho!" Auf einmal sprang Sarah auf und winkte wild in Richtung Marktkirche. Sie hatte Pauls Eltern entdeckt, die zur Eisdiele geschlendert kamen.

„Ah, hallo, ihr vier. Na? Alles klar bei euch?" Maria, Pauls Mutter, war stets um das Wohlergehen anderer besorgt, während sein Vater ungläubig auf Pauls Eisbecher – oder besser gesagt, seinen Eisturm – starrte.

„Da hast du dir ja was vorgenommen."

„Das schmeckt total lecker, Paps. Musst du unbedingt mal probieren."

Maria und Markus wechselten einen Blick und ließen sich am Nachbartisch nieder. „Das sieht alles sehr lecker aus", musste sein Vater zugeben. „Aber wenn ich es recht bedenke, ich glaube, wir fangen erst einmal etwas kleiner an." Mit diesen Worten strich er sich über den Bauch und schmunzelte.

Nachdem Samuel seinen Eisbecher verputzt hatte, setzte er wieder seine ernste Miene auf und schaute Dominik, der ihm direkt gegenübersaß, herausfordernd an. „Dom, du schuldest uns immer noch eine Erklärung. Was war letzte Nacht los? Und was haben wir heute in der Schule erlebt? Irgendetwas stimmt nicht mit dir. Und ich will – nein, WIR wollen jetzt endlich wissen, was mit dir los ist. Seit Tagen sonderst du dich von uns ab und hast angeblich keine Zeit mehr."

Dominik hatte gerade ein Stück Ananas in den Mund gesteckt. Er hatte plötzlich das Gefühl, nichts mehr schlucken zu können. Mit Mühe würgte er es hinunter, legte den Löffel bedächtig auf den Tisch und lehnte sich zurück. Lange sagte er nichts.

„Pfff … muss das jetzt sein? Ich mag nicht darüber sprechen. Es ist … einfach nur Mist. Das versteht ihr nicht."

„Aber, hey!" Sarah schien beleidigt zu sein. „Wir sind doch deine Freunde. Wir kümmern uns umeinander. Los, jetzt sag schon!"

„Hm … na schön." Langsam begann Dominik zu berichten. „Wie ihr wisst, habe ich keinen Vater. Zumindest kenne ich ihn nicht, weiß nicht einmal, ob er überhaupt noch am Leben ist. Na, jedenfalls begann ich vor einiger Zeit, etwas mehr darüber nachzudenken, wie es wohl wäre, wenn er eines Tages auftaucht. Ich versuchte mir auszumalen, wie er aussieht, wie er spricht und so. Irgendwie … vermisse ich ihn. Gleichzeitig hasse ich ihn dafür, dass er uns sitzen gelassen hat."

Maria und Markus am Nachbartisch hörten auch zu. Doch das störte Dominik im Moment überhaupt nicht. Er holte tief Luft und fuhr fort.

„Zu Schulbeginn las ich im Internet, dass es angeblich eine unsichtbare Welt gibt, mit Geistern und so. Man sollte Kontakt mit ihnen aufnehmen können, um sie alles Mögliche zu fragen.

Da erinnerte ich mich daran, dass dieses eine Mädchen aus der neunten Klasse im letzten Jahr doch so eine Ausstellung über unsichtbare Welten gemacht hatte. Wie nannte sie das gleich noch? ... Spiri... irgendwas. Also fragte ich sie, was sie mir darüber erzählen könne. Sie erklärte mir, dass die Geister zu ihr sprechen würden. Na ja … und dann hab ich mich halt einige Male mit ihr getroffen, um etwas über meinen Vater zu erfahren. Denn sie meinte, dass man durch die Geister etwas über Verwandte erfahren könne."

„Jetzt verstehe ich, warum du die ganze Zeit so weggetreten wirkst. Du warst mit deinen Gedanken quasi bei deinem Vater." Sarah schaute Dominik verständnisvoll an.

„Oder auch nicht." Pauls Vater hielt es jetzt nicht mehr aus und schaltete sich in das Gespräch ein. „Entschuldigt bitte, dass ich mich einmische. Aber das erscheint mir doch sehr wichtig." Er drehte seinen Stuhl um und wandte sich an Dominik. „Dominik, ich kann sehr gut verstehen, dass du dich nach deinem Vater sehnst. Du musst ein totales Gefühlschaos erleben. Aber der Weg, den du beschritten hast, ist gefährlich. Sehr sogar. Ich will dir auch gern erklären, warum. Aber zunächst möchte ich dir sagen: Menschen tun manchmal gute Dinge, und keiner weiß, warum, und manchmal tun sie böse Dinge, und niemand versteht es. Ich weiß nicht, was der wahre Grund dafür war, dass dein Vater euch damals verlassen hat. Vielleicht war es Wut oder Ärger, vielleicht hatte er auch einfach nur große Angst vor einem weiteren Kind. Denk einmal darüber nach. Es könnte dir helfen, diese Situation etwas anders zu bewerten. Natürlich gehört noch mehr dazu. Aber nicht jetzt und nicht hier. Eine Sache möchte ich dir allerdings dringend ans Herz legen: Brich sofort jeglichen Kontakt zu diesem Mädchen ab und beschäftige dich nicht mehr mit okkulten Praktiken. Weißt du, es gibt sie tatsächlich, diese unsichtbare Welt. Man kann sagen, da gibt es gute Wesen, also solche, die sich Gott unterordnen, und jene, die von Gott abgefallen sind.

Das sind diejenigen, die man der dämonischen Welt zuordnet. Ich halte sehr viel von Gottes Empfehlungen für uns Menschen. Vor langer Zeit sagte Gott seinem Volk Israel ganz deutlich, dass sie nichts mit Geisterbeschwörungen zu tun haben sollen. Das wird in der Bibel, im 5. Buch Mose, im 18. Kapitel beschrieben. Gott verabscheut solche Dinge, das hat auch gute Gründe. Einen hast du selbst kennengelernt."

„Ach ja? Welchen denn?"

„Wie oft rennst du normalerweise mitten in der Nacht in den Wald?"

„Öhm, na ja. Nie?"

„Genau. Ein schlimmer Nebeneffekt von der Beschäftigung mit okkulten Dingen ist die anschließende Unruhe. Manche Menschen glauben verfolgt zu werden, andere sehen komische Dinge, und die meisten können nicht mehr richtig schlafen. Wenn wir uns mit okkulten Dingen beschäftigen, kann uns das stark belasten. Eines sollte uns bewusst sein: Gott will unser Bestes, deshalb warnt er uns davor."

„Ja ... also in den letzten Wochen habe ich tatsächlich kaum schlafen können. Ehrlich gesagt, wollte ich nicht schlafen. Denn fast jede Nacht hatte ich Albträume. Komisches Zeug. Da war so ein Mann. Obwohl ich ihn nicht kannte, schien er mir vertraut zu sein. In jedem Traum streckte er seine Hand nach mir aus. Das hat mir Angst gemacht, und beim Aufwachen hatte ich das Gefühl, dass er hinter mir her ist."

„Hm, dann haben wir hier eine ziemlich naheliegende Erklärung für deine nächtliche Flucht von zu Hause. Ich vermute, dass dir gar nicht bewusst war, wo du eigentlich hingelaufen bist. Ich kann dich wirklich nur noch einmal mit Nachdruck darum bitten, damit aufzuhören. Das tut dir nicht gut."

Nachdenklich und schweigend saßen sie noch eine Weile beisammen. Dann meldete sich Samuel zu Wort. „Aber ich frage mich, wie man sich dagegen schützen kann. Wenn ich mir vorstelle, wie schnell man irgendwie mit Okkultismus oder Zauberei in Berührung geraten kann … Wir müssen für die Schule ziemlich viel im Internet suchen, für Vorträge und so. Es ist echt krass, wie oft man Werbung für Tarotkarten sieht. Oder wenn ich an die vielen Filme denke, in denen von vorne bis hinten gezaubert wird. Das geht ja direkt in der Schule weiter, wenn wir Bücher und Filme besprechen müssen, in denen es um schwarze Magie geht. Da passiert es doch ganz schnell, dass man sich selbst auch damit beschäftigt."

„Ja, das stimmt. Wir sind ständiger Versuchung ausgesetzt. Die Neugier auf das Unbekannte oder die Aussicht auf magische Fähigkeiten macht uns taub für Gottes Warnungen. Doch auch hier lässt uns Gott nicht allein. Er möchte uns helfen, ein feines Gespür dafür zu entwickeln, wo wir zu weit gehen. In der Bibel, im Brief an die Epheser, erfahren wir etwas von der Waffenrüstung Gottes. Und das Beste daran: Gott selbst stellt uns diese Rüstung zur Verfügung." Markus griff in seine Hostentasche und zog sein Smartphone heraus. „Ich habe hier so eine schöne App auf meinem Handy. Da kann man schnell eine Bibelstelle finden. Ich lese euch mal etwas aus den Versen 11 bis 17 aus dem sechsten Kapitel vor:

Zieht die volle Rüstung Gottes an, damit ihr den heimtückischen Anschlägen des Teufels standhalten könnt. Wir kämpfen ja nicht gegen Menschen aus Fleisch und Blut, sondern gegen dämonische Mächte und Gewalten, gegen die Weltherrscher der Finsternis, gegen die bösartigen Geistwesen in der unsichtbaren Welt.

Hier hast du zum Beispiel den biblischen Beweis dafür, dass es eine unsichtbare Welt gibt. Die Bibel spricht hier von Geistwesen. Weiter heißt es: *Greift darum zu den Waffen Gottes, damit ihr standhalten könnt.* Natürlich weiß Gott um die ständigen Versuchungen und Ablenkungen, denen wir ausgesetzt sind. Aber er verspricht uns – durch diese Waffenrüstung – einen wirksamen Schutz dagegen. Weitere Teile dieser Rüstung sind *die Wahrheit* und *die Gerechtigkeit*, und *wir sollen*

Botschafter des Friedens mit Gott sein. Dann heißt es weiter: *Greift vor allem zum Großschild des Glaubens, mit dem ihr die Brandpfeile des Bösen auslöschen könnt. Setzt auch den Helm des Heils auf und nehmt das Schwert des Geistes, das Wort Gottes, in die Hand!*"

„Boah, das ist ja 'ne Menge", stöhnte Dominik.

Paul, der mit den Gedanken offensichtlich abgeschweift war, kratzte sich am Kopf. „Und was hat ein Schwert mit einem Bierkrug zu tun?"

„Äh, was?" Samuel runzelte die Stirn. „Wie kommst du jetzt darauf?"

Paul wies in die Richtung, in die er schaute. „Da drüben ist so ein antikes Schild am Haus. Wenn ich das richtig erkenne, ist darauf ein Schwert neben einem Bierkrug abgebildet. Ich hab noch keinen schwertschwingenden Ritter mit Bierkrug in der Hand gesehen."

Jetzt hatte Paul die Aufmerksamkeit aller auf das Schild gerichtet. „Kommt", schlug Pauls Vater vor, „ich zahle noch schnell, dann schauen wir uns dieses Schild einmal genauer an."

Gemeinsam liefen sie über den Marktplatz und erreichten ein altes Gasthaus.

Dominik entdeckte zwei Symbole. „Da ist es. Ein Schwert und ein Bierkrug. Und darunter steht etwas geschrieben. Och menno, ist das etwa Lateinisch?"

Interessiert musterte Pauls Vater das Metallschild, das hoch über ihren Köpfen hing. „Ja, in der Tat. Allem Anschein nach gibt es hier in Villstein so einiges, das an alte Zeiten erinnert."

„*AMICI AD DOMUM*", las Samuel vor. „Was bedeutet das?"

„Das Wort *amici* bedeutet ‚Freunde' – Mehrzahl. Hier sieht man sehr schön die Nähe zur italienischen Sprache. Ihr kennt sicher Cappuccino."

„Aber klar, schmeckt total lecker."

„Wenn man mehrere möchte, verlangt man Cappuccini."

„Aha, also mit einem ‚I' am Ende", verstand Samuel.

„Das erinnert mich an die Legende von Vill, die uns Herr Müller erzählt hat. Wisst ihr noch? Er sprach doch davon, dass ein Ehepaar aus Italien hierherkam." Paul witterte schon das nächste Abenteuer.

„Ja, du hast recht, Paul. Das war mir noch gar nicht aufgefallen. Das könnte bedeuten, dass …"

„Was heißt der Rest auf den Schild?" Dominik war wieder einmal einer von der ungeduldigen Sorte.

„Ach ja, also, *domum* bedeutet ‚Haus'."

„‚Freunde' und ‚Haus'", murmelte Dominik.

„Oder ‚Zuhause'. Je nach Zusammenhang kann *domum* auch ‚Zuhause' bedeuten", überlegte Pauls Vater weiter.

Paul kratzte sich am Kopf. „Irgendwie kommt mir das bekannt vor. ‚Freunde', ‚Zuhause'. Ich glaube, das war … *Bei Freunden zu Hause.* War das nicht mal irgend so ein Werbespruch?"

„Hm, ja. Das ergibt Sinn." Pauls Vater schaute sich das Haus genauer an. „Dieses alte Fachwerkhaus ist ein Gasthaus. Obwohl das in unserem Kulturkreis heutzutage leider nicht mehr so ausgeprägt ist, war Gastfreundschaft früher sehr verbreitet. In dem Wort ‚Gastfreundschaft' steckt ja auch das Wort ‚Freund'. Man bewirtete und beherbergte die Gäste mit viel Freundlichkeit. Zumindest idealerweise. Es gab natürlich auch damals schon Spelunken."

„Uff, wird das jetzt 'ne Geschichtsstunde, Paps?"

Als Geschichtswissenschaftler verfügte Pauls Vater natürlich über weitreichende Kenntnisse, aber manchmal nervte es einfach.

„Ich will eure Höhenflüge wirklich nur ungern unterbrechen", meldete sich Samuel zu Wort, „aber ist euch schon einmal aufgefallen, dass da ein Buchstabe auf dem Schild fehlt?"

„Was meinst du?"

„Schaut mal genau hin! Mittendrin im ersten Wort – wie hieß das gleich noch – *amici*? Da scheint doch das mittlere ‚I' zu fehlen. Auf den ersten Blick fällt das kaum auf, weil der Hintergrund dort ziemlich hell ist."

Dominik hielt den Kopf schief und beäugte die Schriftzeichen. „Irgendwas ist daran merkwürdig. Das ist ja eine ziemlich eigentümliche Schriftart. Ich bilde mir ein, das irgendwo schon einmal gesehen zu haben."

„Das kann schon sein, immerhin werden Schriftarten doch heutzutage für alles Mögliche genutzt." Sarah zuckte mit den Schultern.

„Nein, erst kürzlich." In Gedanken versunken stapfte er umher. Plötzlich stoppte er, schaute auf und rannte zur Kirche – quer über den Marktplatz.

„Hey, pass doch auf!", schrie eine alte Frau, die gerade mit dem Fahrrad vorbeifuhr.

Irritiert eilten die anderen Dominik hinterher. Hinter der Kirche war er stehen geblieben und betrachtete die Kirchenmauer ganz genau.

„Ha! Hier!" Dominik winkte seine Begleiter herbei und zeigte auf ein Steinrelief an der Mauer. „Schaut euch das mal an. Wenn ich nicht irre, ist das eine Windrose."

Samuel inspizierte die Windrose, eine sternförmige Darstellung der Himmelsrichtungen, ganz genau. „Das ist interessant. Für Norden, Westen und Osten gibt es eine Zeigermarkierung aus Stein. Aber die Markierung für den Süden ist anders. Sie scheint aus Metall zu bestehen."

„Erkennst du es nicht?" Dominik staunte. „Hau mich, wenn ich mich irre. Aber ist das nicht genau so ein ‚I' wie auf dem Schild des Gasthauses?"

Jetzt kam auch Pauls Vater dazu und nickte nachdenklich. „Du hast recht, Dominik. Das könnte gut sein. Woher wusstest du …?" Noch ehe er ausreden konnte, hatte Dominik auch schon an dem ‚I' gewackelt und es herausgebrochen.

„Dominik!" Sarah war empört. Immer musste er an allem herumspielen! Jetzt schien er etwas kaputt gemacht zu haben.

„Was denn? Wenn das ‚I‘ eigentlich an das Hausschild gehört? So gesehen bringe ich doch etwas in Ordnung.“

„Zeig mal, bitte.“ Dominik reichte Pauls Vater das kleine Metallstäbchen, das tatsächlich fast ein ‚I‘ sein konnte. Auf der Rückseite befanden sich zwei Haken und eine Vertiefung.

„Also, was jetzt? Probieren wir's aus?“ Ungeduldig hoppste Dominik von einem Bein aufs andere.

„Okay, Versuch macht klug.“ Gesagt, getan. Die Gruppe lief wieder zurück zum Gasthaus.

Paul ging eine Frage nicht aus dem Kopf: „Du, Dom, woher hast du gewusst, dass da an der Kirchenmauer ein ‚I‘ steckt?“

„Na ja, letzte Nacht. Ich kann mich zwar nicht mehr so genau daran erinnern, wohin ich gerannt bin, aber an der Kirche war ich ganz bestimmt. Denn gerade als es Mitternacht schlug, erschrak ich wahnsinnig, weil ich mich dort gerade ausruhen wollte. Ich vermute mal, dass ich die Windrose dabei entdeckt habe.“

„So, da wären wir.“ Sarah stellte sich unter das antike Schild, legte den Kopf in den Nacken und sagte gedehnt: „Soooo … und wie kommen wir jetzt da hoch?“

„Viel wichtiger ist doch wohl, ob wir das überhaupt dürfen“, warf Samuel ein, der ungern an fremden Sachen herumdoktern wollte.

Der wiederholte Auflauf vor seinem Gasthaus war dem Wirt offenbar nicht verborgen geblieben. So dauerte es nicht lange, bis er herauskam und sich erkundigte: „Einen schönen guten Tag, die Herrschaften! Kann ich Ihnen vielleicht helfen? Überlegen Sie, bei uns einzukehren, ja?“

Sarah drehte sich um und musterte den etwas kräftig gebauten älteren Herrn mit dem ansehnlichen Bauch. Der dicke weiße Bart und das karierte Hemd trugen dazu bei: So stellte man sich wohl den klassischen Gastwirt vor. „Ähm, nein. Also, wissen Sie … eigentlich wollten wir Sie fragen, ob wir Ihr Schild wieder reparieren dürfen. Da scheint ein Buchstabe zu fehlen.“

„Mein Schild?" Irritiert drehte sich der Wirt um und beäugte ein kleines Messingschild an der Hauswand, das direkt neben dem Eingang angebracht war.

„Nein, nicht dieses. Sondern das da oben, über Ihnen."

„Ach so, das. Und du meinst, da fehlt ein Buchstabe? Hm, stimmt. Wenn man genau hinschaut, scheint das mittlere ‚I' des Wortes *amici* zu fehlen. Das ist mir noch gar nicht aufgefallen."

Dominik trat hervor und öffnete seine Hand. „Schauen Sie mal! Ich glaube, wir haben den fehlenden Buchstaben gefunden."

„Oh, das ist ja toll! Warte, ich hole mal schnell eine Leiter." Kurz darauf erschien der freundliche Gastwirt mit einer großen Klappleiter und stellte sie unter das Schild. „Wer möchte?"

Ohne zu zögern, sprang Dominik die Stufen hinauf und hielt das ‚I' vor das Schild. Dann versuchte er, es zu befestigen. Aber das klappte nicht.

„Es ist falsch herum, Dominik!", rief Pauls Vater, der sich gut mit Schriften auskannte.

„Ach, ich Dussel. Moment, ja, so geht's, glaub ich." Kurz bevor Dominik den Buchstaben wieder an seinen Ort steckte, hielt er inne.

„Was ist los?", rief Paul ungeduldig.

„Ich weiß nicht. Hab so ein komisches Gefühl."

„Jetzt mach schon!"

Dominik nickte und hängte den Buchstaben ein. Er sah, dass er noch etwas weiter abstand als die anderen, also drückte er ihn ein wenig tiefer. Plötzlich machte es klick. Dominik erschrak, zuckte zurück und wäre beinahe von der Leiter gefallen. Das Schild und der Haltearm begannen zu vibrieren. Dabei war ein schabendes, quietschendes Geräusch zu hören, das aus dem Haus zu kommen schien.

„Was hast du gemacht?", fragte der Wirt ganz aufgeregt.

„Nichts! Ich hab doch nur den Buchstaben da reingedrückt. Wirklich!" Verunsichert kletterte Dominik wieder hinunter.

Kaum, dass er unten war, eilte der Wirt ins Haus zurück, um nachzuschauen, was da so gequietscht hatte. „Was ist das denn?“ Mit offenem Mund stand er in seiner Gaststube und starrte auf den Fußboden, der sich geöffnet hatte.

„Eine Geheimtür!“, schrie Dominik voller Freude. „Leute, wir sind im nächsten Abenteuer!“

„Das ist ja voll spannend!“ Paul begann sich auszumalen, welche Schätze da unten lagern könnten. Und Samuel konnte sich ein Grinsen nicht verkneifen, als er sah, wie seine beiden Freunde schon wieder Feuer und Flamme waren.

„Was meinen Sie?“, wandte Pauls Vater sich an den Besitzer des Gasthauses. „Sind Sie nicht neugierig? Wollen wir einmal nachschauen, was sich dort unten befindet?“

„Na, und ob. Mir nach!“ Mit einem Mal sprintete der kräftige Mann vorwärts und betrat die knarrende Treppe. „Ihr solltet besser aufpassen, wohin ihr tretet. Diese Treppe sieht mir nicht sehr stabil aus.“

Schnell folgte Dominik ihm nach und rief über die Schulter: „Ich finde die Schatztruhe zuerst.“

„Meine Güte. Du und deine Schätze.“ Manchmal sprach Dominik so häufig davon, große Schätze zu finden, dass es Samuel auf den Geist ging.

Als Dominik immer tiefer in den Keller vordrang, roch er die modrige Luft. Die Steinwände waren zum Teil ziemlich feucht und verwittert. Unten angekommen, konnte man kaum etwas erkennen. „Eine Taschenlampe hat nicht zufällig jemand mit, oder?“

„Na, wozu hat man denn ein Handy?“ Sarah knipste das Licht an und leuchtete in den großen Kellerraum. „Das sieht aus wie ein Gewölbe aus dem Mittelalter. Wenn ich nicht irre, handelt es sich hierbei um ein Kreuzgratgewölbe.“

„Frau Lehrerin, könnten Sie bitte einmal hier rüberkommen?“ Etwas spöttisch rief Samuel sie zu sich. Er hatte etwas gefunden.

„Aber ja, mein Kind", antwortete sie breit grinsend. „Wo drückt denn der Schuh, hm?"

„Uh, ich fürchte, so falsch liegst du damit gar nicht." Samuel wies auf ein Paar uralter Schuhe oder was davon übrig war. Daneben befand sich ein kaum zu identifizierender Stoff- oder Lederhaufen. So genau war das nicht zu erkennen.

„Seht mal hier, an der Wand. Sind das etwa Ketten und Handschellen?" Dominik fröstelte.

„Du ... du glaubst doch nicht, dass hier ..." Sarah wagte den Gedanken gar nicht auszusprechen.

„Nein, Sarah. Ich glaube nicht, dass hier ein Mensch angekettet war und verstorben ist. Schau dir mal die Schuhe genau an. Sie stehen ordentlich nebeneinander. Und zwar etwa zwei Meter von den Ketten entfernt. Daneben der Stoffhaufen. Das könnte mal Kleidung gewesen sein", beruhigte Pauls Vater sie.

„Aber das ist doch hier eindeutig ein Gefängnis. Fast ein Kerker. Wo ist der Kerl dann geblieben? Müssten hier nicht Knochen herumliegen?", mutmaßte Paul.

„Nur, wenn hier jemand gestorben wäre. Und das ist keineswegs gesichert."

Inzwischen hatte sich Sarah die Schuhe genauer angeschaut und etwas Merkwürdiges entdeckt. „Markus, hier ist etwas Ungewöhnliches."

Pauls Vater ging zu Sarah und nahm einen der Schuhe entgegen. An der Unterseite der Sohle war ein Symbol zu erkennen. „Na, so was. Das kenne ich doch!"

„Mir kam es auch bekannt vor. Was war das noch gleich?"

Neugierig kam Dominik dazu und lachte. „Ach, ihr seid aber auch vergesslich! Das ist das Zeichen des Ordens der Archivare. Stimmt's, Markus?"

Wortlos nickte Pauls Vater. Auf einmal setzte er eine ernste Miene auf, trat bedächtig einen Schritt zurück und erklärte feierlich: „Wisst ihr was? Ich glaube, wir haben soeben den fehlenden Hinweis auf das zweite Testament gefunden."

„Ach was, hier unten?"

„Ich glaube schon. In den letzten Wochen war ich sehr oft in der Höhle des Grafen. Ihr wisst schon, wo wir das erste Testament gefunden haben. Ich hatte euch doch erklärt, dass das erste Testament, also das Buch der Wahrheit, Informationen zum Verbleib der übrigen Testamente enthält. Dort stieß ich auf einen namenlosen Schreiber, der befürchtete, man würde ihn zu Unrecht wegen Mordes verurteilen. Er hatte damals eine mysteriöse Schriftrolle versteckt, weil es Menschen gab, die sie vernichten wollten. Bevor man ihn einsperrte, erhielt er noch eine Chance, sie herauszugeben."

„Lass mich raten", unterbrach Dominik Markus' Ausführungen. „Er hat diese Chance nicht genutzt."

„Hier kann ich nur Vermutungen anstellen. Ich nehme an, dass er sich weigerte, die Schriftrolle herauszugeben, deshalb sperrte man ihn ein. Mehr konnte ich leider nicht herausfinden. Aber wenn das stimmt, dann hat dieser Mann vielleicht einen Hinweis hinterlassen, der uns zum zweiten Testament führt."

„Die Schriftrolle?", stellte Dominik eine Vermutung an.

„Das weiß ich nicht. Allerdings muss ihm diese Schriftrolle so wichtig gewesen sein, dass er bereit war, dafür zu sterben."

Der Wirt räusperte sich. „Na, sagen Sie mal, was ist denn das für ein geheimnisvolles Testament, von dem Sie da sprechen?"

„Sehen Sie, kein Mensch hat die Weltgeschichte so stark bewegt wie Jesus Christus, von dem man sehr viel in der Bibel erfahren kann. Also der Jesus, dessen Geburt wir jedes Jahr zu Weihnachten feiern. Bedauerlicherweise gerät die wahre Geschichte der Bibel zunehmend in den Hintergrund. Es wird immer wieder behauptet, die Bibel sei frei erfunden, und alles, was drinsteht, würde nicht stimmen. Nun stellen Sie sich einmal folgende Frage: Was wäre, wenn die Bibel wahr ist? Was, wenn der Gott der Bibel wirklich existiert? Dieser Frage ging ich vor mehreren Jahren auf den Grund und stieß auf einige ernst zu nehmende Hinweise, die darauf hindeuten, dass die

Geschichte der Bibel historisch korrekt ist. Es handelt sich um die Legende der sieben Testamente. Das erste Testament haben wir bereits gefunden. Und jetzt haben wir endlich eine heiße Spur zum zweiten Testament."

Genau in diesem Augenblick erklang die Türglocke, und der Wirt eilte nach oben, um seine Gäste zu begrüßen.

„Boah ey, jetzt weiß ich, warum ich vorhin so ein komisches Gefühl hatte." Dominik raufte sich die Haare.

„Ach du Schreck!", platze es plötzlich aus Sarah heraus. „Jetzt hab ich doch glatt meinen Arzttermin vergessen. Ich muss sofort los." Schnurstracks huschte sie zur Treppe.

„Hey, willst du uns jetzt im Dunkeln stehen lassen?"

„Sorry, Leute. Ich muss dringend nach Hause. Meine Mutter wartet sicher schon seit einer halben Stunde auf mich."

„Okay! Dann schlage ich vor, dass wir die Untersuchung morgen fortsetzen." Pauls Vater plante im Kopf schon die weitere Erforschung des Kellers, und Paul fragte sich, ob hier eine Geheimtür zu einem weiteren Gang zu finden sei. Er konnte den nächsten Tag kaum abwarten.

Der Fremde

Kapitel 4

Kam es Dominik nur so vor, oder zog sich dieser Schultag diesmal wie Kaugummi in die Länge? Es war Freitag, und alle Schüler sehnten sich nach dem Wochenende. Die letzten beiden Stunden hatten sie Mathe. Das war ohnehin nicht Dominiks Fall, aber gerade heute kapierte er gar nichts. Stattdessen kreisten seine Gedanken schon wieder um seinen unbekannten Vater und das Mädchen im Keller. Vielleicht sollte er es ja doch noch mal versuchen, sie zu be... „Ding Dong." Zum Glück erklang endlich die Schulglocke und riss Dominik aus seinen Gedanken.

„Ah, endlich!" Sarah stemmte sich vom Tisch hoch, ging auf Dominik zu, hob die Hände und sagte fröhlich: „Hoch die Hände, Wochenende."

Dominik klatschte ab, wie ein Roboter. Total mechanisch. Sarah bemerkte das, kauerte sich vor seinen Tisch und stützte den Kopf auf die Tischplatte. „Hey, Dom. Was ist los? Du wirkst doch schon wieder so abwesend."

„Ja, nun ..." Dominik haderte mit sich selbst. „Ach, ich weiß auch nicht. Musste wieder an meinen Vater denken und hab überlegt, ob ich das Mädchen aus der neunten ..."

Sofort fiel Sarah ihm ins Wort: „Nein, nein und nochmals nein! Ich dachte, das hätten wir geklärt."

Gerade kam Paul dazu, der das Gespräch mitbekommen hatte. „Ach, komm schon, der will doch nur wieder ein Eis spendiert kriegen." Grinsend gab er Dominik einen freundschaftlichen Schubser.

Frech feixte Dominik durch seine struppigen Haare. „Und? Klappt's?"

„Argh.“ Sarah war leicht verärgert, sprang auf und warf Dominik seine Jacke auf den Kopf. „Los jetzt, Samuel wartet bestimmt schon auf uns.“

Draußen auf dem Schulhof steuerten sie Samuel an, der völlig in sein Smartphone vertieft war.

„Hi, Samy“, rief Paul schon von Weitem.

Etwas irritiert schaute Samuel auf. „Ach, ihr seid's.“

„Was machst du da? Scheint ja wichtig zu sein.“ Sarah konnte es nicht leiden, wenn jemand ständig am Handy klebte. Sie versuchte Samuel zu erziehen, so gut es ging. Mit mäßigem Erfolg.

„Na ja, ich hatte euch doch erzählt, dass ich mir was von meinem Opa wünschen darf, weil ich das letzte Schuljahr so gut abgeschlossen habe. Schaut mal hier, das schwebt mir vor.“ Mit Leuchten in den Augen präsentierte er ein Drohnenvideo.

„Wow. Ist das 'ne DJI Mavic? Krasses Teil.“

„Jepp. So etwas wünsche ich mir schon lange. Die gibt's jetzt als Mini-Version. Ich habe nur gezögert, weil es ja doch ziemlich teuer ist.“

Sarah dachte wie immer am praktischsten. „Hast du deinen Opa denn überhaupt schon einmal dazu befragt?“

„Öhm, nö.“

Allgemeines Kopfschütteln.

„Manchmal bist du echt witzig, Kumpel.“ Dominik war schon fast auf und davon. „Na hey, worauf wartet ihr noch? Wollten wir nicht den Keller im alten Gasthaus erkunden?“

Wie auf Knopfdruck sprang Samuel auf. Gemeinsam gingen sie zu Paul nach Hause. Sein Vater hatte erwähnt, eine Überraschung für sie vorbereitet zu haben. Paul war schon total neugierig.

„Endlich seid ihr da“, sagte Pauls Vater bei der Begrüßung ungeduldig und bat die vier Freunde ins Wohnzimmer. Dabei lächelte er auf eine Art und Weise, die vermuten ließ, dass gleich etwas passieren würde. Sie ließen sich auf die Couch fallen, als Lisa, Pauls kleine Schwester, gerade durch die

Küchentür kam. Hoch konzentriert balancierte sie ein großes Tablett mit Getränken ins Wohnzimmer.

„Soo, bitte schön." Lisa hatte Limonade gebracht. „Uff."

„Oh, vielen Dank!", lächelte Sarah ihr zu.

„Wieso hast du es so eilig, Paps?"

„Paul, das ist ganz einfach. Das Abenteuer wartet."

Sarah lehnte sich vor, nahm ein Glas Limo und fragte unsicher: „Wie meinst du das, Markus?"

„Moment, bin gleich wieder da." Mit diesen Worten verschwand Pauls Vater in seinem Arbeitszimmer, nur um gleich darauf mit einer großen Holzkiste in den Händen wiederzukommen. Er stellte sie vorsichtig ab. Paul musterte die Aufschrift und die großen Stempel.

„Express Mail", las Dominik vor. „Wo hast du denn diese antike Kiste ausgegraben?"

„Dieses Zeichen kennen wir doch", murmelte Samuel.

„Klar, Leute." Dominik stand auf und ging zur Kiste. „Das, meine Damen und Herren, ist das Symbol des Ordens der Archivare."

Paul grinste seinen Vater an: „Jetzt sag bloß, du hast einen Ordensstempel anfertigen lassen?"

Pauls Vater schmunzelte, sagte aber nichts.

Dominik öffnete den Deckel. Auf einmal musste er laut lachen.

Schmunzelnd hielt Pauls Vater den Deckel auf und meinte ironisch: „Erinnert ihr euch noch? Als wir unser erstes Abenteuer begannen, habt ihr euch über meine Ausrüstung lustig gemacht, dann aber doch festgestellt, dass sie praktisch war. Also bitte: Da ist eure Abenteuerausrüstung! Ich habe euch mal ein paar Dinge zusammengestellt, die ganz nützlich sein könnten."

Es war fast ein bisschen wie Weihnachten. Tatsächlich war gerade Spätsommer. Samuel holte Walkie-Talkies heraus, während Dominik nach einem Seil griff und versuchte, den Knoten zu lösen. Sarah entdeckte einen großen Hut, setzte ihn auf und stolzierte vor den Jungs hin und her.

„Lol!", lachten die Jungs los. „Damit könntest du glatt auf Safari gehen."

„Ups, was macht der denn da drin?" Pauls Vater wunderte sich und wurde etwas verlegen. „Der gehört mir und eigentlich nicht da rein. Aber hey, steht dir wirklich gut, Sarah."

Inzwischen hatten die vier jeder eine Stirnlampe aufgesetzt und je eine Ledergürteltasche mit Feldflasche, Notizblock, dicken Stiften, Kreide, Knicklichtern und sogar einem echten Schweizer Offiziersmesser gefunden.

„Da sind ja echt ein paar coole und nützliche Sachen dabei", meinte Dominik und klappte der Reihe nach alle Teile des Taschenmessers aus.

Sarah fingerte in der Ledertasche herum und zog ein graues, leicht glänzendes Stück Metall heraus. „Und wofür ist das gut?"

„Das, meine Liebe, ist Feuerstahl." Samuel erklärte, wie man damit Funken erzeugen kann und somit nicht einmal ein Feuerzeug braucht, um Feuer zu machen.

In diesem Moment klingelte das Telefon. Der Wirt des alten Gasthauses war dran.

„So, auf geht's! Der Gastwirt des alten Gasthauses hat mich soeben darüber informiert, dass er seine Gaststube für heute geschlossen hat. Wir können unsere Kellerentdeckungen jetzt fortsetzen."

Gesagt, getan. Kurze Zeit später erreichten sie den Marktplatz. Pauls Vater stellte das Auto ab und klopfte an die Tür des Wirtshauses. Der nette Wirt öffnete die Tür und sagte: „Ah, da seid ihr ja wieder. Oh, und wie ich sehe, seid ihr diesmal perfekt ausgerüstet. Ich glaube, wir hatten uns gestern noch gar nicht vorgestellt. Ich bin Franz. Franz Hauser. Meine Familie bewirtet die Gäste nun schon in dritter Generation in diesem Haus. Bis ihr gestern gekommen seid, wusste ich übrigens noch nichts von diesem Keller. Ach ja, ich fänd es schön, wenn wir uns duzen. Ich hab's nicht so mit Förmlichkeiten."

„Super! Ich bin Sarah. Und das sind meine Freunde Dominik, Paul und Samuel."

„Mein Name ist Markus. Markus Steinbach", stellte sich auch Pauls Vater noch vor. „Wir sind erst in den Sommerferien hierhergezogen. Ich bin Geschichtswissenschaftler und arbeite in München an der Universität."

„Ah. Interessante Leute. Wenn ihr euch mit Geschichte so gut auskennt."

„Und Architektur", warf Sarah schnell ein.

„Ja, umso besser. Dann könnt ihr mir vielleicht erklären, was es mit diesem seltsamen Keller auf sich hat."

„Argh. Genug gequasselt." Dominik wurde schon ganz zappelig. „Kann's endlich mal losgehen?"

Paul schaute sich um. „Wo ist denn die Leiter? Die werden wir sicher wieder zum Hochklettern brauchen."

„Nein. Brauchen wir nicht. Wer auch immer diesen Kellereingang gebaut hat, der wollte wohl nicht so viel herumklettern. Als ich gestern die Bodenklappe wieder zudrücken wollte, gelang mir das nicht. Als ich mit aller Kraft daran herumrüttelte, bemerkte ich eine kleine Bewegung hinter dem Tresen." Franz, der Wirt, ging hinter den Tresen, dicht gefolgt von Paul, und zog am Stück einer Holzvertäfelung.

„Voilà."

„Sie haben einen weiteren Mechanismus gefunden, um die Kellertür zu öffnen. Perfekt!", freute sich Samuel.

Pauls Vater überlegte laut: „Demnach war der Buchstabe am Schild eine Art Sicherungsschalter, ohne den der Hebel an der Holzvertäfelung nicht funktionieren würde."

Kaum war die Bodenklappe offen, flitzte Dominik auch schon hinunter.

„Also, diese Stirnlampen sind doch echt mal genial. Danke, Paps. Das war eine gute Idee", meinte Paul.

Inzwischen hatte sich Dominik schon ans Werk gemacht. Fleißig suchte er alle Ecken und Wände nach Unregelmäßigkeiten ab. Er hoffte, möglichst schnell einen Geheimgang zu finden. „Och, menno. Hier ist doch überhaupt nichts zu finden. Ich fürchte, wir sind umsonst da."

„Aber Dominik! Manchmal muss man ein wenig Geduld mitbringen." Pauls Vater schien es fast zu amüsieren. Doch einige Fragen des Gastwirtes lenkten ihn ab.

Inzwischen betrachtete Sarah ein altes Bett aus Holz und Eisen. „Hier muss der arme Kerl draufgelegen haben."

„Ungefähr so?" Noch ehe Sarah reagieren konnte, hatte Dominik Schwung genommen und sich auf das alte Bett fallen lassen. Krachend gaben die morschen Holzbretter nach, und Dominik fiel direkt hindurch. „Ah, aua!"

Samuel kam herbeigeeilt und beschwerte sich: „Sag mal, musst du immer alles kaputt machen?"

„Wollte mich doch nur mal hinlegen."

Pauls Vater war zunächst mehr um Dominiks Wohlergehen besorgt. „Bist du verletzt?"

„Nee, nee. Alles bestens. Hey … wartet mal. Was ist das?"

Gerade als Dominik sich wieder aufrappeln wollte, huschte der Lichtstrahl seiner Kopflampe am Eisenrahmen des alten Bettes vorbei. Bei näherer Betrachtung konnte er an der Innenseite eingeritzte Zeichnungen erkennen.

„Ich bin mir nicht sicher, aber ich denke, ich hab hier etwas gefunden. Es sieht aus wie Hieroglyphen oder so."

Mittlerweile hatten sich die anderen dazugesellt und stellten allerlei Vermutungen über diese Kritzeleien an.

Schon war Pauls Vater zur Stelle und untersuchte die Zeichnungen. „Also, Hieroglyphen sind das ganz bestimmt nicht. Aber … Moment …" Er schaute sich im Raum um und dann wieder auf die eingravierten Zeichnungen. „Diese Striche hier könnten Zahlenangaben sein. Sie befinden sich jeweils neben einem Viereck. Das könnte ein Symbol für einen Stein sein."

„Sollen wir jetzt Steine zählen?“, mutmaßte Samuel. „Wie sollen wir denn hier jemals den richtigen finden? Wir haben hier vier Wände voller Steine!“

„Na, genau. Das ist es!“, schrie Paul. „Der Bettkasten hat vier Eisenstangen. Der Raum hat vier Wände. Da auf jeder der vier Eisenstangen etwas draufgekritzelt ist, könnte das doch zu den vier Wänden passen, oder nicht?“

„Klingt logisch“, bestätigte Dominik gestelzt, der es mit der Logik im Grunde nicht so genau nahm.

„Wie entschlüsseln wir jetzt das Gekritzel? Am Ende muss man bestimmt wieder irgendwo draufdrücken.“

„Dom, mach mal langsam. Erinnerst du dich noch, was beim letzten Draufdrücken passiert ist?“

„Äh, ja. Leider. Ich hab manchmal das Gefühl, immer noch Sand in den Schuhen zu haben.“

Pauls Vater schmunzelte und erklärte: „Diesmal kann ich euch wohl davor bewahren, etwas Falsches zu drücken. Ich habe die Zeichnungen vermutlich verstanden. Im Grunde ein ganz simples Prinzip. Seht ihr? Es gibt jeweils ein Viereck, wir vermuten einen Stein. Dann befinden sich entweder oben oder unten und entweder links oder rechts Striche, also vermutlich Zahlen.“

Jetzt übernahm Samuel den Gesprächsfaden. „Sekunde, das kommt mir bekannt vor. Vor einiger Zeit hatte ich mal einen visuellen Computercode zu knacken, der so ähnlich aussah. Die Anzahl der Striche könnte bedeuten, dass man jeweils von oben oder unten und von links oder rechts die Steine im Mauerwerk abzählt. Dann findet man einen ganz bestimmten Stein.“

„Ganz genau. So würde ich die Zeichnungen auch deuten. Versuchen wir's.“

Jeder der vier Abenteurer merkte sich eine Position und zählte fleißig ab.

„Äh, wie war das gleich noch mal?“, rief Dominik.

Da konnte Franz helfen. Der Wirt hatte sich das alte Bett auch gerade angesehen. „Von links zwölf und von unten eins."

„Danke. Hab's. Und was jetzt? Wer drückt zuerst? Oder alle gleichzeitig?"

Alle Blicke waren auf Pauls Vater gerichtet. „Ihr schaut mich alle an, als wüsste ich das so genau." Er verschränkte die Arme und zwirbelte seinen Bart. Auf einmal huschte ein Lächeln über sein Gesicht. „Wir gehen ja davon aus, dass hier unten eine einzige Person eingesperrt war und entkommen konnte. Sie hätte unmöglich alle vier Steine gleichzeitig drücken können, dafür ist der Raum zu groß."

„Bleibt noch die Frage nach der Reihenfolge", warf Sarah ein.

„Tja, hier muss ich leider passen. Ich finde keinerlei Hinweis darauf, welche Reihenfolge richtig sein könnte."

Der Gastwirt stöhnte. „Dann heißt es wohl: Probieren geht über Studieren."

„Okay." Dominik zögerte nicht lange und drückte seinen Stein. „Es klappt. Er lässt sich bewegen." Dann machte es *klack*.

Von Dominiks Tatendrang ermutigt drückten die anderen ebenfalls ihren Stein in die Mauer. Als Paul seinen Stein als Letzten versenkt hatte, machte es ebenfalls *klack*, gefolgt von einem Rattern in der Wand. Plötzlich begann der Boden leicht zu vibrieren.

„Da drüben!", schrie Dominik und leuchtete zu einem Mauervorsprung, der sich gerade öffnete.

„Ich glaub's nicht! Du hast tatsächlich einen Geheimgang gefunden." Samuel betrat den Rand der Öffnung und spähte hinein. „Da drin ist es stockfinster."

„Und stinkig", ergänzte Sarah und hielt sich die Nase zu.

Pauls Vater kam dazu. „Da wird seit Jahren niemand mehr drin gewesen sein. Wer weiß, wann das letzte mal gelüftet wurde. Bevor wir da reingehen, prüft bitte noch einmal, ob eure Lampen funktionieren. Ich hege den Verdacht, dass wir hier unten keinen Lichtschalter finden werden."

Einer nach dem anderen betrat den Gang. Angeführt von Pauls Vater ging es im Gänsemarsch vorwärts. Der Gang war sehr schmal und nicht allzu hoch. Die Wände waren teils gemauert oder in den Fels gehauen.

„Hier ist eine Weggabelung, die in drei Richtungen führt. Wir müssen unseren Weg markieren, damit wir zurückfinden."

„Ach, dafür ist bestimmt die Kreide." Sarah kramte in ihrer Tasche, holte ein Stück Kreide heraus und kritzelte etwas an die Wand. „Das hab ich mal im Fernsehen gesehen."

„Ich schlage vor, wir teilen uns in drei Gruppen auf."

„Magst du mit mir gehen, Sarah?", fragte Paul leise.

„Ja, klar. Warum nicht?"

„Okay, ich schnappe mir Dominik", erklärte Samuel und legte seinen Arm auf Dominiks Schulter.

„Und die Senioren bilden dann das dritte Team", lachte der Gastwirt.

Pauls Vater instruierte die Kinder noch einmal. „Geht bitte kein unnötiges Risiko ein und seid vorsichtig. Wenn Gefahr droht, begebt euch in Sicherheit und ruft uns mit dem Walkie-Talkie. Es besitzt einen Funkverstärker und sollte selbst hier unten funktionieren."

Dann schwärmten die drei Teams aus.

Samuel und Dominik nahmen den linken Gang und hatten schon bald Mühe, sich irgendwo festzuhalten. Die Wände wurden immer glitschiger, und der Weg fiel immer steiler ab. Samuel ging voraus, dicht gefolgt von Dominik. Plötzlich rutschte Dominik aus und versuchte sich an Samuel festzuhalten. Doch er verlor den Halt und fiel auf den Hintern. Dabei riss er Samuel mit runter, und die beiden rutschten immer schneller eine Röhre entlang.

„Whoooaaaaa", schrien die beiden Freunde. „Daaaas ist ja faaaaast wie auf einer Wasserrrrutscheee."

„Ich glaaaaauubbee, da vorn ist eine Öööffnung."

„Oh neein, da geht's ruuuunter."

Mit ordentlichem Schwung rutschten sie durch eine runde Toröffnung. Plötzlich war die Rutsche zu Ende.

„Oh nein! Achtuuuuuung ..." Im hohen Bogen flogen sie von der Rutsche – direkt in ein großes Wasserbecken. Platsch!

„Ah! So ein Mist. Raus hier!", schrie Samuel und zog sich an einem Mauervorsprung aus dem Wasser. Das Wasserbecken war vielmehr ein reißender unterirdischer Fluss, der durch das Rauschen so viel Lärm verursachte, dass Samuel gar nicht hörte, wie Dominik um Hilfe rief.

„Dom! Hey Dom, wo bist du?" Besorgt schaute sich Samuel um und suchte den dunklen Raum ab. Glücklicherweise hatte die Stirnlampe den Tauchgang überlebt. Samuel konnte zwei große Abflussrohre erkennen.

„Oh, Mann. Ist er etwa da rein?" Samuel holte sein Walkie-Talkie aus der nassen Ledertasche und versuchte Markus anzufunken. „Oh nein. Das Funkgerät ist hinüber. Ich muss Dom unbedingt helfen. Wenn ich jetzt noch wüsste, welches Rohr das richtige ist. Eine Fifty-Fifty-Chance. Sei's drum. Und hopp."

Samuel sprang ins Wasser, ließ sich in eines der beiden Abflussrohre treiben und hoffte inständig, auf Dominik zu treffen.

Inzwischen wirbelte Dominik im Wasser herum. Immer wieder versuchte er nach Luft zu schnappen, wurde aber ständig wieder unter Wasser gezogen. Er konnte nicht sehen, dass er auf einen Mauervorsprung zuraste. Ohne Vorwarnung stieß er mit seinem Fuß dagegen und schrie auf. Aber das war mehr ein Blubbern, weil er schon wieder unter Wasser war. Jetzt wurde es heller vor ihm. Hatte er da vielleicht ein Licht gesehen? Ja, ganz bestimmt. Es wurde heller. Immer heller. Aber das war keine Lampe. Schlagartig wurde ihm bewusst, was das bedeuten könnte. Noch ein Abfluss – und zwar nach draußen! Verzweifelt versuchte Dominik sich aufzurichten, um zu erkennen, wohin das Wasser floss. Doch es war zu spät. Mit einem Ruck krachte er gegen ein Hindernis, reagierte instinktiv und klammerte sich daran fest. Er schnappte nach Luft und hustete sich fast die Lunge raus. Auf einmal bemerkte er, wie das Hindernis, das sich als Abflussgitter entpuppte, langsam nachgab und nach außen schwenkte, wie eine Tür.

„Oh, nein!" Zitternd vor Angst und Nässe schwebte Dominik hoch über einem Wassersammelbecken. Dort ging es mindestens zwanzig Meter runter. Was sollte er jetzt tun? Hier gab es doch keine Menschenseele. Er spürt einen stechenden Schmerz im Fußgelenk. Für einen Moment hatte er den Aufprall ganz vergessen.

„Hilfe! Hilfeeee!", rief Dominik. Erst leise, dann immer lauter. „Hey, hört mich denn keiner?"

Eine gefühlte Ewigkeit lang rührte sich nichts. Dominik hörte nur das Rauschen des Wassers und beobachtete, wie es unter ihm in die Tiefe stürzte. Langsam, aber sicher ließen seine Kräfte nach.

Inzwischen war Samuel auf der Suche nach Dominik wieder auf Sarah und Paul gestoßen. Gemeinsam durchforsteten sie noch weitere Tunnel nach ihrem Freund, konnten ihn aber nicht finden und funkten Markus an.

„Hey, du. Nimm meine Hand!", rief plötzlich ein Mann zu Dominik, der noch immer am Gitter hing.

Dominik schaute nach oben, konnte den Fremden aber nicht erkennen, weil die Sonne direkt hinter ihm am Himmel stand.

„Ich kann nicht mehr. Ich rutsche gleich ab." Unwillkürlich musste Dominik an seinen letzten Unfall im Wasser denken, bei dem er schon einmal fast umgekommen wäre. War das jetzt das Ende? Doch er wurde schnell wieder aus seinen Gedanken gerissen.

„Los! Jetzt nimm meine Hand. Vertrau mir!" Die Stimme klang freundlich. Zögernd löste Dominik eine Hand vom Gitter und griff nach der rettenden Hand des Mannes. Der griff beherzt zu und hielt Dominik fest. Ohne Vorwarnung ließ Dominik das Gitter los. Mit aller Kraft musste der Mann das plötzliche Gewicht des Jungen ausgleichen, wobei er selbst Mühe hatte, sich festzuhalten. Leicht war Dominik keinesfalls. Mit einigen kräftigen Bewegungen zog der Mann den erschöpften Jungen hoch und hob ihn auf die Arme. Da merkte er, warum der Junge losgelassen hatte. Er war vor Erschöpfung bewusstlos geworden.

„Hey! Wie geht es dir?" Der fremde Mann strich dem Jungen behutsam die Haare aus dem Gesicht. Dann prüfte er dessen Atmung und Puls. Alles in Ordnung. Mit dem Jungen auf dem Arm machte sich der Mann auf den Weg.

Etwas später erwachte Dominik wieder und bemerkte, wie er von dem fremden Mann getragen wurde. Sein Gesicht konnte er noch immer nicht erkennen, weil die Sonne wieder hinter seinem Kopf leuchtete.

„Wer sind Sie?" Langsam begannen Dominiks Gehirnzellen wieder zu arbeiten. Das Letzte, woran er sich erinnerte, war, dass er über einem Abgrund gehangen hatte und ihn die Kräfte verlassen hatten.

Der Mann bog in ein Grundstück ein und kam vor einer Haustür zum Stehen. Dominik schaute auf das Klingelschild und bekam große Augen. Woher wusste dieser Mann, wo er wohnte?

Der Fremde streckte den Finger nach der Klingel aus, hielt dann aber inne. Er begann zu zittern. Doch dann klingelte er.

Eine ganze halbe Familie

Kapitel 5

Die Türklinke wurde nach unten gedrückt, und Dominiks Mutter öffnete. Als sie den Besucher erkannte, wurde sie blass und stammelte: „Jonas!“ Sie starrte den Mann mit einer Mischung aus Überraschung und Entsetzen an.

Mit fast schon zarter Stimme begrüßte er die Frau: „Hey, Beth. Ich …“

Noch ehe er seinen Satz beenden konnte, fiel ihm Dominiks Mutter ins Wort. „Was hast du mit Dominik gemacht? Lass ihn sofort runter!“ Ihre Überraschung wich einem Befehlston.

Vorsichtig setzte er Dominik auf den Boden. Der versuchte, einen Schritt zu machen, schwankte aber und musste sich sofort wieder an dem Mann festhalten. „Aua, es geht nicht. Irgendwas ist mit meinem Fuß.“

Dominik bemerkte, wie seine Mutter die Hände zu Fäusten ballte. „Mom, ich glaube, dieser Mann hat mich gerettet.“

„Waaas?“

„Kennst du ihn?“

„Pffff … das kann man wohl sagen.“ Dominiks Mutter entspannte sich wieder ein wenig. Sie half Dominik ins Haus.

„Na los, komm schon rein!“, rief sie zur Haustür. Jonas, so hatte Dominiks Mutter ihn angesprochen, hatte bis dahin nicht gewagt, das Haus zu betreten.

Dominik humpelte zum Sofa und ließ sich fallen. Unter Schmerzen hob er seinen linken Fuß auf die Sitzfläche. „Ahh, tut das weh.“

„Zeig mal her.“ Dominiks Mutter schob das Hosenbein vorsichtig hoch und zog die Socke aus. „Sag mal, wieso bist du so nass? Und warum ... riechst du so komisch?“

„Das ist … eine lange Geschichte."

„Lass mich raten – ich will sie gar nicht hören?"

Der fremde Mann hatte die Tür geschlossen, blieb aber im Flur stehen.

„Mom, das war wirklich nicht geplant. Es war … gewissermaßen … ein Unfall. Wo ist der Mann eigentlich? Ich sollte mich noch bei ihm bedanken."

Seine Mutter schaute auf. Sie hatte einen süß-sauren Ausdruck in den Augen, den Dominik überhaupt nicht deuten konnte. Etwas genervt rief sie: „Jonas, dein … Sohn … will sich bei dir bedanken."

Moment mal. Hatte sie Sohn gesagt? Ganz plötzlich schnellte Dominiks Puls in die Höhe. Zaghaft betrat der fremde Mann das Wohnzimmer. Jetzt konnte Dominik zum ersten Mal sein Gesicht erkennen. Es war der Mann aus seinen Träumen.

„Verschwinden Sie! Sofort! Hauen Sie ab!" Dominik stemmte sich mühsam vom Sofa hoch. Mit schmerzverzerrtem Gesicht humpelte er auf seinen Vater zu, schnappte sich unterwegs eine Zeitung vom Tisch und warf sie nach ihm. „Gehen Sie weg! Lassen Sie mich in Ruhe!" Mit Mühe und Not konnte er sich am Türrahmen festklammern.

Erschrocken und traurig verschwand der Mann und schloss die Tür hinter sich.

„Aber Dominik. Was ist denn auf einmal los mit dir?" Völlig irritiert eilte Dominiks Mutter zum Fenster und konnte sehen, wie Jonas, Dominiks Vater, draußen stand und weinte. „Warum hast du auf einmal so aggressiv reagiert?"

„Das ist der Mann aus meinen Träumen. Meinen Albträumen."

„Welche Albträume? Davon hast du mir nie etwas erzählt."

„Nein, hab ich nicht. Ich weiß doch genau, dass du dir dann bloß wieder Sorgen machst."

„Ach, und du meinst, jetzt mache ich mir keine Sorgen?" Seine Mutter hatte inzwischen einen Verbandskasten geholt und legte eine Mullbinde samt Pflaster bereit.

„Was ist mit meinem Fuß?“ Dominik versuchte abzulenken, während er sich wieder aufs Sofa legte.

Behutsam hob sie Dominiks Fuß leicht an und bewegte ihn in verschiedene Richtungen.

„Aua. Muss das sein?“

„Tut mir leid. Aber ich muss prüfen, ob du dir was gebrochen hast.“

Dominik stöhnte, war aber froh, dass seine Mutter früher einmal Krankenschwester gewesen war und sich damit auskannte.

„Hier, leg das Kühlkissen auf dein Fußgelenk. Das sieht wie eine Prellung aus. Und im Übrigen brauchst du nicht versuchen auszuweichen. Ich will noch immer wissen, was du geträumt hast, und seit wann.“ Völlig aufgelöst setzte sie sich zu ihm auf die Couch und schaute ihm in die Augen.

„Pffffff.“ Dominik stieß den Atem aus. „Es begann vor einigen Wochen, gegen Ende der Sommerferien. Wie du weißt, hab ich mit Paul eine Menge unternommen und auch erlebt, was er für einen coolen Dad hat. Na ja … Ach, weißt du, da hab ich angefangen, mir Gedanken zu machen, wie das wohl wäre, wenn …“

Als Dominik das erzählte, musste seine Mutter mit den Tränen kämpfen. Sie nahm ihren Sohn in den Arm und flüsterte: „Es tut mir so leid!“ Eine ganze Weile saßen sie da und sagten nichts. Schließlich räusperte sie sich, wischte eine Träne fort und fragte: „Aber warum Albträume? Das verstehe ich nicht.“

„Nun, das kam so …“ Dominik erzählte seiner Mutter die ganze Geschichte, angefangen von den Träumen, über die dumme Idee, mit Geistern zu sprechen wollen, bis hin zu der Vermutung, dass sein Nachtausflug damit zusammenhing.

„Eigentlich habe ich mir die ganze Zeit nur überlegen wollen, wie es wohl wäre, selbst einen Papa zu haben. Aber irgendwie klappte das nicht. Als ich dann immer wieder diesen komischen Traum hatte, wo der Mann seine Hand nach mir ausstreckte …“ Dominik stockte. Die ausgestreckte Hand.

Aber natürlich. Langsam begann er zu begreifen.

„Dominik? Was wolltest du gerade sagen?“

„Ich glaube, ich beginne gerade, mich wieder zu erinnern, was heute passiert ist. Wir, das heißt, Samuel, Sarah, Paul und sein Vater, waren wieder im alten Gasthaus verabredet und begannen, den Keller näher zu untersuchen. In einem der Gänge hab ich nicht aufgepasst. Ich muss irgendwie gestolpert sein und bin mit Samuel in eine Art Wasserbecken gefallen. Von dort aus hat mich der Wasserstrom mitgerissen. Später habe ich mir den Fuß angestoßen und konnte mich gerade noch so an einem Abflussgitter festhalten. Sonst wäre ich … na, jedenfalls haben meine Kräfte langsam nachgelassen. Auf einmal war da so ein Mann, ich konnte ihn nicht erkennen. Aber … er hat mir geholfen. Er war es, der mich wieder hochgezogen …“

„… und nach Hause getragen hat.“ Seine Mutter stand auf, ging ein paar Schritte umher und murmelte: „Weißt du was? Ich glaube, wir haben Jonas, deinem Vater, Unrecht getan. Denn offensichtlich hat er dir das Leben gerettet.“

„Dann war der Mann in meinem Traum, der seine Hand ausstreckte, mein Vater? Und ich habe umsonst Angst gehabt? Uff. Ich frag mich bloß, wieso er gerade zum richtigen Zeitpunkt da war, um mir zu helfen.“

Seine Mutter schüttelte langsam den Kopf. „Ich habe keine Ahnung.“

„Uiuiui, das war vielleicht ein verrückter Tag. Ich bin fix und fertig. Mein Bett ruft. Hilfst du mir?“

Dominiks Mutter half ihm auf. Auf einmal hielt sie inne, schaute ihren Sohn an und fragte: „Du, sag mal, du hast davon gesprochen, dass du mit den anderen unterwegs warst. Wissen sie, dass du hier bist?“

„Oh Mann!“ Dominik klatschte sich an die Stirn. „Sie werden mich bestimmt überall suchen. Das hab ich total vergessen. Wie soll ich ihnen denn jetzt Bescheid geben? Vor allem hoffe ich, dass sich Samuel hat retten können. Er muss ja auch in dem Wasserbecken gelandet sein. Ich frage mich nur, wohin er gerutscht ist."

„Korrigier mich, falls ich mich irre. Aber wenn Markus dabei ist, hat er doch bestimmt sein Handy mit. Seine Nummer habe ich mir damals schon aufgeschrieben, als wir bei ihnen eingeladen waren. Ich begleitete dich nach oben und rufe ihn gleich an, okay?"

Dominik ließ sich ins Bett fallen, starrte eine Weile an die Decke und murmelte dann: „Ich habe also einen Vater. Und er heißt Jonas." Es dauerte nicht lange, und Dominik schlief ein.

Der nächste Morgen war ein nebliger Samstag. Dominik vernahm eine angeregte Diskussion seiner Schwestern, die ihrer Mutter gerade beim Vorbereiten des Frühstücks halfen. Dass Dominik der Letzte war, der aufstand, war nichts Ungewöhnliches. Aber heute fühlte er sich zum ersten Mal seit Wochen tatsächlich ausgeruht. Es war die zweite Nacht in Folge ohne Albträume. Also war es definitiv eine weise Entscheidung gewesen, den Kontakt zu dem Mädchen aus der neunten Klasse zu beenden.

„Was gackert ihr denn die ganze Zeit so laut?" Dominik schlurfte noch ganz verschlafen ins Wohnzimmer und ließ sich auf einem der Stühle nieder.

„Guten Morgen, mein Schatz!" Dominiks Mutter kam aus der Küche und gab ihrem Sohn einen Schmatz auf den Kopf. „Wie hast du geschlafen? Wie fühlst du dich heute Morgen?"

„Alles gut, Mom. Ich … ich hatte keine Träume mehr."

Seine Mutter lächelte und war sichtlich erleichtert. „Was macht der Fuß?"

„Hm, geht so. Ich würde noch nicht gleich Fußball spielen wollen, aber vorsichtig laufen klappt schon."

„Also, jetzt erzähl doch mal, Dom. Wie sieht Vater inzwischen so aus? Was macht er so? Und was …"

„Aahh, jetzt macht mal halblang. Ich habe keine Ahnung. Mann, Leute, ich hab ihn gestern zum ersten Mal gesehen, und gesprochen haben wir … nicht viel."

Die kleinere seiner zwei großen Schwestern, Josefine, neckte ihn gerne mal. „Stimmt es, dass du eine Zeitung nach ihm geworfen hast?"

„Josi, du nervst!"

„Oh, jetzt wird er wieder grummelig."

„Hey, Kinder. Hört sofort auf damit!" Seine Mutter konnte es nicht ertragen, wenn sie sich gegenseitig aufzogen. „Es ist schon kompliziert genug. Macht es nicht noch schlimmer." Sie stellte die Teekanne ab, setzte sich und sagte nachdenklich: „Wir müssen uns jetzt überlegen, wie wir damit umgehen. Ich meine, ich habe überhaupt keine Ahnung, was ihn wieder nach Villstein verschlagen hat."

Anny, Dominiks größere Schwester, biss ins Brötchen und murmelte mit vollem Mund: „Wir könnten ihn ja fragen."

„Marianne Peters", sagte Mutter in strengem Ton. „Wie oft habe ich dir gesagt, du sollst nicht mit vollem Mund sprechen?"

„Nenn mich nicht so!", antwortete ihre Tochter trotzig.

„Na schön, Anny. Dennoch meine ich das ernst. Was sollen denn bloß die Leute von dir denken, wenn du so in der Öffentlichkeit herumfutterst?"

„Bei der ist doch eh Hopfen und Malz verloren", warf Josefine ein.

„Aber, hallo? Was höre ich da?" Ihre Mutter war kurz davor ärgerlich zu werden.

Dominik erkannte die Situation und versuchte, das Thema zu wechseln. „Mom, sag mal, du heißt doch eigentlich Elisabeth. Hab ich das gestern richtig mitbekommen, dass Vater dich Beth genannt hat?"

Es schien zu wirken. Dominiks Mutter wandte sich ihm zu, stützte den Kopf auf die Hände und schaute verträumt an Dominik vorbei. „Tja, weißt du, früher, da war dein Vater richtig charmant. Als wir damals beide im Theater arbeiteten, um Geld fürs Studium zu verdienen, nannten mich immer alle Betty, Elisabeth war ihnen zu lang. Betty mochte ich aber überhaupt nicht. Jonas bekam das mit und nannte mich fortan Beth, mit besonders feiner englischer Aussprache. Das gefiel mir sehr gut. Die ersten Jahre unserer Ehe verliefen damals auch nicht schlecht, obwohl er schon schluckte, als ich mit Marianne – äh – Anny schwanger war. Doch als schließlich Josi kam, wurde alles anders. Er begann sich zu verändern, zog sich immer mehr zurück. Leider konnte ich mit ihm auch nicht darüber reden. Bei meinem Kosenamen Beth rief er mich schon lange nicht mehr. Ich kann nur vermuten, dass ihm die ganze Sache mit den Kindern über den Kopf wuchs." Hilflos zuckte Dominiks Mutter mit den Schultern. „Aber ich weiß es nicht. Doch irgendwann schien es, als könnten wir uns wieder zusammenraufen. Dann war da diese lange Sommernacht. Na ja … und dann hast du dich angekündigt."

„Das klingt nach einer romantischen Zeit, Mom", schmunzelte Anny.

Ihre Mutter lächelte. „Ja, das war es wohl. Aber was dann kam, konnte ich einfach nicht verstehen. Verstehe ich noch immer nicht. Denn als ich ihm freudig das Ultraschallbild von Dominik zeigte, rannte er plötzlich aus dem Zimmer und begann zu packen. Ich war ehrlich gesagt überrascht, wie schnell das ging. So, als ob er bereits vorbereitet gewesen wäre. Ohne ein Wort ging er zur Tür. Ich versuchte, ihn zur Rede zu stellen. Das Einzige, was er sagte, war: ‚Er oder ich.' Dabei wies er auf das Ultraschallbild, das ich noch in der Hand hielt."

„Waas? Das ist ja der Oberhammer!" Entsetzt richtete sich Josi auf. „Das hat er echt gesagt? Jetzt verstehe ich, warum du nie drüber reden wolltest."

„Ich konnte damals gar nichts entgegnen, war wie betäubt. Es fühlte sich an, als würde mir jemand die Luft abschnüren. Ich weiß nur noch, dass er die Tür hinter sich ins Schloss fallen ließ und ich zu Boden sank. Alle Kraft schien mich verlassen zu haben. Ich wusste nicht mehr ein noch aus. Seit diesem Tag habe ihn nie wiedergesehen."

Traurigkeit und Entsetzen erfüllten den Raum. So viel hatte ihre Mutter noch nie erzählt. In Dominik stieg das dringende Bedürfnis auf, sie aufzumuntern.

„Aber hey, sei doch nicht traurig, Mom. Ich finde, dass du's ziemlich gut hinbekommen hast mit uns dreien."

„Oh, das ist lieb von dir, Dom." Spontan mussten alle erst einmal eine Runde knuddeln.

Auf einmal schnellte Josis Zeigefinger in die Luft, und sie rief aus: „So, meine Guten. Was machen wir jetzt damit?"

„Was meinst du?"

„Na ja, geben wir ihm noch eine Chance, oder nicht?"

Alle Augen waren auf Josi gerichtet – regelrecht auf sie geheftet. Damit hatte jetzt keiner gerechnet. „Immerhin ist er wieder da. Und er hat Dom gerettet. Vielleicht ... hat er sich ja geändert?"

Dominiks Mutter standen viele Fragezeichen ins Gesicht geschrieben. Auch Dominik selbst war sich nicht sicher, ob er diese Idee gut oder schlecht finden sollte. „Ich bin dafür", platzte es dennoch auf einmal aus ihm heraus. Oha, hatte er das gerade wirklich gesagt? Er konnte es selbst kaum glauben.

„Ich auch", meldeten sich Josi und Anny zugleich.

Dominiks Mutter zog die Augenbrauen hoch und schaute ihre Kinder der Reihe nach an. Sie stöhnte und sagte dann: „Also gut, laden wir ihn ein. Aber ich ..."

„Alles klar! Ich finde noch schnell heraus, in welchem Hotel er untergekommen ist. Dann müssen wir erst mal los, wir haben eine Verabredung mit unseren Mädels." Anny war ihrer Mutter mal wieder ins Wort gefallen und rannte bereits nach draußen, zum Telefon.

Dominik kratzte sich am Kopf, und seine Mutter musste erst einmal einen dicken Kloß hinunterschlucken. Es dauerte keine fünf Minuten, und Anny stand wieder in der Tür und vermeldete ihren Erfolg.

„So, Leute. Ich hab ihn gefunden. Er hat im Hotel Forstgut eingecheckt. Mittels des Zimmertelefons konnte ich auch gleich mit ihm sprechen – und ihn für heute Abend einladen."

„Daa, das ging … schnell", stotterte ihre Mutter.

„Du hättest Mom wenigstens vorher fragen können", grunzte Dominik.

„Nein, nein. Schon okay. Es hilft ja nix, es hinauszuschieben. Euch viel Spaß!" Gedankenverloren schloss Mutter die Haustür hinter den Mädchen und wandte sich an Dominik. „Übrigens, von Markus habe ich gestern Abend erfahren, dass die anderen sich echt Sorgen um dich gemacht haben. Sie hatten noch einige Zeit die Tunnel nach dir abgesucht und waren schon drauf und dran, eine Vermisstenanzeige aufzugeben."

Am Nachmittag kam Sarah vorbei, um sich nach Dominik zu erkundigen. Der war ziemlich zugeknöpft. Erzählte nur etwas vom Mann im Traum und seinem Vater, der heute kommen würde. Auf jeden Fall sei ihm heute nicht nach Abenteuern zumute, zumal sein Fuß noch schmerzte.

Der Abend kam dann schneller als gedacht. Vor allem die Mädchen gaben sich alle Mühe, das Haus zu dekorieren, mit Blumen zu schmücken und mit Kerzenlicht zu erhellen. Dominik kam das alles seltsam vor. Sie bereiteten eine regelrechte Willkommens-Party vor. War das angemessen? Obwohl er sich dafür ausgesprochen hatte, war er sich gerade nicht mehr so sicher, ob es wirklich eine gute Idee war. In ihm herrschte ein ziemliches Gefühlschaos. Würde dieser fremde Mann – sein Vater – ihn so akzeptieren, wie er war? Würde er ihm helfen? Könnte er verrückte Sachen mit ihm anstellen? Dominik fragte sich, ob er seinem Vater je vergeben könnte, was er getan hatte. Und seine Mutter erst! Er beschloss, in sein Zimmer zu gehen. Von dort hatte er einen guten Überblick über die Zufahrtsstraße und den Weg, der zum Haus führte. Er war neugierig ob sein Vater tatsächlich kommen würde.

„Da bist du ja“, flüsterte Dominik, während er aus dem Fenster spähte. Er beobachtete, wie sein Vater dem Haus langsam näherkam und wie seine Schritte immer schwerer zu werden schienen. Mitten im Vorgarten blieb er stehen. Er schaute sich um und zog eine kleine Glaskugel unter seiner Jacke hervor. Lange betrachtete er sie. In der Kugel war irgendetwas drin, das Dominik nicht erkennen konnte. Sein Vater stellte die Kugel auf der Haustreppe ab. Dann ging er drei Schritte rückwärts. Jetzt raufte er sich die Haare. Er schien zu seufzen. Auf einmal machte er kehrt und verschwand schnell wieder.

„Merkwürdig“, dachte Dominik.

Als der Termin der Einladung bereits dreißig Minuten überschritten war, murmelte Dominiks Mutter: „Komisch. Dass Jonas unpünktlich ist, passt so gar nicht zu ihm.“

In diesem Moment kam Dominik gelangweilt die Treppe heruntergeschlendert.

„Du hast ihn nicht zufällig gesehen, oder?“, fragte Mutter.

„Hm, warum fragst du?“ Dominik druckste herum. Er hatte etwas zu verbergen. Das war offensichtlich.

Seine Mutter legte den Kopf leicht zur Seite und stemmte die Hände in die Hüfte. „Hast du etwas gesehen?“

„Ja doch!“

„Und?“

„Was – und? Er ist halt gekommen und dann wieder gegangen.“ Dominik versuchte teilnahmslos zu wirken.

„Das ist alles?“

„Nein. Er hat irgendwas vors Haus gestellt. Keine Ahnung.“

Voller Neugier eilten seine Schwestern zur Haustür, öffneten sie und entdeckten die kleine Glaskugel – mit einer Blume darin. Als sie die Glaskugel ihrer Mutter gaben, brach diese sofort in Tränen aus.

„Mom, was hast du?“ Anny war das nicht geheuer.

„Nichts. Gar nichts." Ihre Mutter schniefte und wischte sich die Tränen aus dem Gesicht.

Nun war auch Dominik neugierig geworden. „Was ist das?"

„Polemonium caeruleum."

„Äh, wie bitte?"

„Man nennt sie auch die ‚blaue Himmelsleiter'. Sie sieht wunderschön aus, wenn sie blüht. Leider ist sie sehr selten geworden." Dominiks Mutter drehte den Glasbehälter und betrachtete die Blume von allen Seiten. „Jonas hatte schon immer ein Gefühl für Schönes und Seltenes. Wenigstens scheint dieses Gefühl wieder in ihm erwacht zu sein."

„Okay, 'ne seltene Blume." Dominik schüttelte den Kopf. „Aber wieso weinst du deswegen?

„Es ist nicht nur die Blume, Dominik. Uns verbindet eine Idee damit. Wir wollten im Garten einen kleinen Teich anlegen und die blaue Himmelsleiter dort kultivieren, also anpflanzen. Das sollte uns stets daran erinnern, dass wir gemeinsam ...", sie musste schniefen, „den Himmel erreichen könnten."

„Oh, ich verstehe."

Josefine schüttelte langsam den Kopf. „Aber wieso ist er nicht reingekommen? Er hat die Blume abgestellt und ist wieder verschwunden."

Ihre Mutter seufzte. „Ich kann mir vorstellen, dass ihn sein Gewissen plagt. Nach allem, was geschehen ist. Er weiß ja nicht, wie wir zu ihm stehen, wie ich zu ihm stehe. Und ehrlich gesagt, ich weiß es selbst nicht."

„Warte mal", sagte Josefine auf einmal. „ich glaube, hier unten klebt noch etwas dran. Tatsächlich, ein kleiner Brief – nein, vier. Für Mom, Anny, mich und ... Dominik."

„Was? Für mich?" Dominik machte große Augen, als er das kleine, sorgfältig gefaltete Briefchen entgegennahm.

Dominiks Schwestern waren schon völlig in ihre persönlichen Briefe vertieft. Seine Mutter starrte ihren Brief lange an. Dann ging sie langsam zum Fenster und begann zu lesen.

Bedächtig faltete Dominik den unerwarteten Brief auseinander und begann ebenfalls leise zu lesen:

„Lieber Dominik! Als ich vor zwei Wochen entschieden hatte, nach Villstein zurückzukehren, hatte ich nur einen großen Wunsch. Ich wollte meine Familie endlich wiedersehen. Es mag unglaublich klingen, doch in all den Jahren, in denen ich verschwunden war, musste ich immer wieder an dich denken. Es ließ mir einfach keine Ruhe und schmerzt mich jedes Mal, mich daran zu erinnern, wie viel Kummer ich dir und deiner Mutter gemacht habe. Dafür scheint es keine Wiedergutmachung zu geben. Seit über einer Woche bin ich wieder in Villstein und habe dich heimlich beobachtet. Ich wagte es nicht, dich anzusprechen. Wie würdest du reagieren? Deshalb blieb ich stets auf Abstand und wollte dich einfach – aus der Ferne – ein wenig kennenlernen. So kam es auch, dass ich dich beobachtete, als du ins Gasthaus gingst. Heimlich folgte ich euch in die Kanalisation. In einem der Gänge, die zum Abflusstunnel führten, verlor ich euch. Ich konnte nur vermuten, dass ihr euch in Gefahr begeben würdet. Da unten kann es tückisch sein. Ich weiß das, weil ich damals dort unten Abflussreparaturen ausgeführt habe, als ich noch für die Wasserwerke arbeitete. Also suchte ich schnell wieder den Weg zurück und eilte zur zentralen Abwassersammelanlage. Ich hoffte inständig, dass ich mich irren würde. Doch als ich dich dort hängen sah, dankte ich Gott, zum ersten Mal in meinem Leben. Ich war froh, dich retten zu können." Gedankenverloren senkte Dominik den Brief und starrte vor sich hin.

„Wow", hauchte Anny.

Dann las Dominik weiter: *„Ich weiß natürlich, dass* ***eine*** *gute Tat den jahrelangen Schmerz nicht wiedergutmachen kann. Dennoch: Bitte verzeih mir!"*

An diesem Abend sprachen sie noch lange über alte Zeiten. Mehr und mehr wuchs der Wunsch in Dominiks Schwestern, ihren Vater neu kennenzulernen. Dominik fühlte sich hin- und hergerissen und war total durcheinander.

Villstein

Kapitel 6

Der Rest des Wochenendes verlief ohne Zwischenfälle. Dafür sollte es der nächste Montag in sich haben. Das würden Dominik und seine Freunde schon bald bemerken. Direkt nach der Schule trafen sie sich bei Dominik zu Hause, um die Entdeckungen und Erlebnisse vom letzten Samstag auszutauschen. Während Samuel noch voller Begeisterung und in allen Einzelheiten die Wasserfahrt durch die Abflussrohre erklärte, war Sarah mit ihren Gedanken offenbar ganz woanders.

„Ich geh mal kurz zu deiner Mom, okay, Dom?"

„Ja, sicher." Dominik zeigte den Jungs seinen geprellten Fußknöchel und erzählte von der waghalsigen Rettungsaktion seines Vaters und dem Brief.

„Sauber, ey. Find ich top, dass dein Dad gleich zur Stelle war. Da hast du echt mal Glück gehabt", sagte Paul. „Dann ist dein Dad schon über eine Woche in Villstein und hat dich nur beobachtet?"

„Ja, scheint so."

Sarah legte den Kopf zur Seite und sagte leise: „Na ja, ich kann mir schon vorstellen, dass er ziemlich Muffensausen hatte. Immerhin war er seit Jahren verschwunden, und das Einzige, was Dom von ihm wusste, war, dass er ihn nicht hatte haben wollen. Das ist schon eine blöde Kiste."

Samuel wandte sich an Dominik und erzählte ihm inzwischen noch von seiner anderen Entdeckung. „Übrigens, als ich dich retten wollte, habe ich ja bekanntermaßen das falsche Abflussrohr erwischt. Aber dann bin ich in eine große, unterirdische Halle gelangt, die bestimmt an die fünfzig Meter lang, mindestens fünfzehn Meter breit und etwa zehn Meter hoch war. Darin befand sich ein ziemlich großes Wasserbecken mit so etwas wie Anlegestellen."

„Was denn, da unten? Kann mir kaum vorstellen, dass dort unten Schiffe vorbeikommen." Dominik schüttelte den Kopf.

Samuel hob die Schultern. „Ich habe keine Ahnung, was das für ein Raum ist. Auf jeden Fall besitzt er zwei Etagen, verbunden durch mehrere Leitern und zwei mechanische Aufzüge, die ich aber leider nicht bedienen konnte. Total verdreckt und verrostet."

Paul kratzte sich das Kinn und fragte: „Sag mal, konntest du dort noch etwas Besonderes erkennen? Irgendwas, das uns vielleicht einen Hinweis darauf gibt, was das für ein Raum ist?"

„Na ja, als ich in die zweite Etage geklettert bin, konnte ich Lichtschlitze in der gegenüberliegenden Wand entdecken. Die waren aber zu schmal, als dass sie genug Licht hineingelassen hätten. Ich bin mir aber sicher, dass ich Wasser gehört habe."

„Ach, du meinst, das Seeufer?"

„Möglich. Wir sollten jemanden fragen, der sich mit der Geschichte Villsteins auskennt. Aber eine Sache war wirklich ungewöhnlich."

Inzwischen kam Sarah aus der Küche zurück und brachte Limo mit. „Hier, Jungs. Ihr habt bestimmt Durst."

„Oh, danke, Sarah."

„Ihr habt etwas Ungewöhnliches gefunden? Erzählt mal!"

Samuel fuhr fort. „Hier, ich hab das mal aufgemalt. Zwei solche Symbole oder Strichzeichnungen habe ich gefunden. Eine davon in der großen Halle. Die zweite auf dem Weg nach draußen. Dank der Kreidezeichen an der Wand habe ich den Weg zurück zum Gasthaus gefunden."

„Das ist interessant. Guck mal, wir haben auch solche Symbole gefunden", erzählte Paul. „Die waren bei jeder Abzweigung in die Wand eingraviert. Was die wohl bedeuten? Ich habe das Gefühl, dass es davon noch mehr gibt. "

Samuel ergänzte: „Hm, dabei haben wir bisher nur ein kleines Stück der Kanalisation besucht."

„Du meinst die *alte* Kanalisation", verbesserte Sarah ihn. „Die alten Tunnel werden, meines Wissens, schon lange nicht mehr genutzt. Vor etwa fünfzig Jahren wurde doch fast ganz Villstein mit einer neuen Kanalisation versorgt. Aber das nur am Rande."

„Was habt ihr sonst noch entdeckt?", wollte Samuel wissen.

„Eigentlich nicht viel. Das ist ein riesiges Netz aus Gängen und Tunneln. Irgendwann haben wir beschlossen zurückzugehen, ehe wir uns noch verlaufen." Sie wandte sich an Paul und fragte: „Aber sag mal, hat dein Dad eigentlich etwas Interessantes entdeckt?"

„Ach ja, das hatte ich ganz vergessen. Er war doch mit dem Gastwirt, also Franz, unterwegs. Sie haben eine Art Unterschlupf entdeckt, der wohl gut versteckt gewesen sein muss, denn sie haben ihn erst auf dem Rückweg entdeckt. In diesem Unterschlupf befanden sich kleine Reliefs in der Wand. Mein Vater glaubt, daraus die Geschichte des Mannes zu erkennen, der aus dem Keller geflüchtet ist. Die Reliefs zeigen einen nackten Mann, der ins Wasser springt."

Dominik sagte: „Aha, jetzt verstehe ich auch, wieso der Gefangene seine Klamotten hat liegen lassen. Wenn er wusste, dass er nass werden würde ..."

Sarah unterbrach ihn. „Na, hör mal, rennst du nackig durch die Gegend, nur weil du planst, ins Wasser zu springen?"

„Ähm, nee. Glaub nicht", grinste er.

Paul fuhr fort: „Hättet ihr mich ausreden lassen, wüsstet ihr, dass dies nicht der einzige Grund für seine Nacktheit war. Mein Vater hat erzählt, dass der Mann sich für unschuldig hielt. Als man ihn einsperrte, nahm man ihm alles weg, was er besaß. Alles, bis auf das, was er gerade am Leib trug. Vielleicht ließ er auch seine Kleidung zurück – aus Protest –, um zu zeigen, dass er nichts mehr besaß und wortwörtlich alles zurückließ."

„Hm, dieser Mann hatte offensichtlich Prinzipien", nickte Samuel anerkennend. „Ich frage mich, ob ich auch so klar und deutlich Position beziehen könnte."

Dominik lief vorsichtig ein wenig hin und her. „So, Leute, wie gehen wir jetzt weiter vor? Wer weiß, was es da unten noch alles zu entdecken gibt? Aber wenn wir das alles im Versuch- und Irrtum-Prinzip erforschen wollen, werden wir ja nie fertig."

„Ich habe eine Idee. Möglicherweise existiert noch ein Bauplan oder eine Grundrisszeichnung der alten Kanalisation. Im Rathaus sollte ich fündig werden. Wenn ihr nichts dagegen habt, werde ich mich gleich auf den Weg machen." Sarah stand auf und drückte die Türklinke runter. „Inzwischen sucht ihr nach weiteren Symbolen, einverstanden?"

„Jepp", antwortete Samuel. Zu Dominik gewandt fragte er: „Wirst du es schon wieder schaffen?"

Dominik grunzte ein wenig beleidigt: „Solange ihr mir nicht davonrennt, krieg ich das schon hin."

Kurze Zeit später marschierten die Jungs wieder durch Villsteins Untergrund.

„Hey, Moment mal." Samuel stoppte erschrocken.

„Was ist los?"

„Wir sind hier unten nicht allein."

„Wie meinst du das?", fragte Paul.

Samuel schaute sich um. „Habt ihr unsere Kreidemarkierungen gesehen?"

„Ähm, nein?"

„Genau! Irgendjemand muss die entfernt haben. Das bedeutet, dass noch jemand hier unten unterwegs ist."

„Aber warum sollte das jemand tun?" Dominik konnte sich noch keinen Reim darauf machen. „Niemand weiß doch, dass wir in Wahrheit auf der Suche nach dem zweiten Testament sind. Den Eingang im Keller des alten Gasthauses haben wir ja auch eher zufällig gefunden."

„Das mag schon sein, Dom. Aber überleg doch mal. Wir haben inzwischen einen gewissen Ruf in Villstein. Meinst du nicht, dass wir beobachtet werden, wenn wir wieder auf Entdeckungstour gehen?“

„Du leidest ja unter Verfolgungswahn.“

„Vielleicht. Vielleicht aber auch nicht.“

Paul drängte weiterzugehen. „Dann malen wir eben neue Striche hin und fertig.“ Gesagt, getan.

Im Gänsemarsch durchquerten die drei Jungs verschiedene Gänge, bogen mal links, mal rechts ab. Immer wieder fanden sie eingravierte Symbole in der Wand und zeichneten sie ab. Auf einmal stoppte Samuel, der voranging. Er leuchtete in eine bestimmte Richtung und rannte los. „Ha! Eine Leiter. Mal sehen, wo die uns hinführt.“ Neugierig kletterte er die Leiter empor und drückte einen Gullideckel nach oben. „Oh Mann, ist der schwer. Na, schau sich das einer an.“

„Hey, was siehst du?“, rief Paul von unten.

„Wenn ich das richtig sehe, sind wir hier im gotischen Viertel.“

„Es gibt ein gotisches Viertel in Villstein?“ Paul machte große Augen.

„Ja, und nicht nur das.“ Samuel kletterte wieder hinunter. „Ich glaube echt, wir sollten mal eine Besichtigungstour mit dir machen. Am besten quer durch den Ort. Wird Zeit, dass du dich besser auskennst.“

„Na ja, ich dachte, schon einiges gesehen zu haben, als ich damals mit Dominik unterwegs war.“

„Du musst unbedingt mal in den Barockgarten“, schlug Dominik vor.

„Oder ins Märchen-Bergdorf“, ergänzte Samuel. „Lasst uns aber erst mal weitergehen.“

Einige hundert Meter weiter hörten sie etwas rauschen. Dominik eilte voraus und rief: „Och, nee. Hier ist ’ne Sackgasse.“

Samuel und Paul erreichten ihn und stellten fest:

„Aber eine mit Leiter." Dominik kletterte hoch und fand sich am Stadtrand wieder, direkt neben einer künstlich angelegten Flussmündung. Hier war vor langer Zeit ein kleiner Flussarm vom Bergfluss abgezweigt worden, der nun mitten durch Villstein führte.

Mit der Zeit entdeckten die drei Freunde immer mehr Ausstiegspunkte, sodass sie sich langsam, aber sicher ein Bild vom System der Kanalisation machen konnten.

„Ich frage mich gerade, wie man sich hier unten zurechtfinden kann ohne Karte. Das ist ja das reinste Labyrinth", murmelte Dominik.

Paul hielt kurz inne, überflog die Zeichnungen und dachte nach. „Hm ... ich habe eine Vermutung, was diese Symbole bedeuten. Die ganze Zeit schon frage ich mich, wie der verschollene Archivar, der durch den Keller entkam, sich hier unten zurechtfand. Die Symbole sind die Lösung, vermute ich. Ich weiß nur noch nicht, wie genau."

„Jedenfalls sehen sie nicht gerade wie Wegweiser aus", stellte Dominik fest. „Wir sollten uns wieder auf den Rückweg machen. Mein Fuß beginnt wieder zu schmerzen."

„Okay, hier geht's lang, Leute!", rief Samuel und zeigte auf einen Kreidestrich an der Wand. An jeder Abbiegung hatte er eine solche Markierung hinterlassen, damit sie wieder zurückfanden. Nach mehreren Minuten stutzte er. „Hm, irgendwas stimmt nicht. Hier sind wir doch niemals hergekommen."

„Aber du hast doch die Kreidemarkierung gemacht, oder?"

„Ja klar, ich hab sie auch bei der letzten Abzweigung gesehen."

Dominik zuckte mit den Schultern. „Vielleicht irrst du dich auch. Immerhin sehen die Gänge hier irgendwie alle gleich aus."

Samuel grunzte. „Hm, vielleicht. Gehen wir weiter."

Endlich entdeckten sie wieder eine Leiter. Während Paul und Samuel hinflitzten, lief Dominik etwas gemächlicher hinterher. Schließlich kletterten sie nach oben.

„Frischluft." Paul war als Erster hochgeklettert und genoss die abendliche Sommerluft.

„Hallo? Es wäre voll nett, wenn du uns auch mal rauslassen würdest", beschwerte sich Samuel.

Nacheinander verließen die drei die Kanalisation und wurden von den letzten warmen Sonnenstrahlen des Nachmittags begrüßt.

„Wow, so spät schon?" Paul hatte gar nicht bemerkt, wie die Zeit vergangen war. „Wo sind wir hier eigentlich? Diese Ecke von Villstein hab ich noch nie gesehen."

Samuel machte eine umfassende Handbewegung. „Das ist das alte Industrieviertel. Schau mal, da drüben gibt es noch einige der ehemaligen Fabrikgebäude. Da wurde unter anderem Erz aus dem Bergbau verarbeitet. Genaueres kann dir bestimmt Sarah erklären."

Paul runzelte die Stirn. „Samuel, ich muss dir recht geben. Hier waren wir vorhin definitiv nicht. Wir sind ja quasi am anderen Ende von Villstein gelandet."

Dominik bekam große Augen. „Moment mal, dann hat jemand unsere Kreidestriche absichtlich manipuliert?"

„Und uns in die entgegengesetzte Richtung geschickt", fasste Samuel zusammen. „Das wird immer merkwürdiger."

„Jetzt lasst uns erst einmal schnell mit Sarah treffen, ich bin schon gespannt, was sie herausgefunden hat", schlug Dominik vor und ging voran. Wenige Minuten später erreichten sie Sarahs Haus und klingelten. Ihre Mutter öffnete und bat die Jungs freundlich herein.

„Hallo, Jungs. Na, wie war's?", begrüßte Sarah sie fröhlich.

„Interessant."

„Und eigenartig."

Sarah runzelte die Stirn. „Also, ich fürchte, das müsst ihr mir erklären."

„Erinnerst du dich noch daran, als wir damals begannen, Nachforschungen über die Eisenschatulle anzustellen? Wir hatten alle das Gefühl, beobachtet zu werden. Später stellte sich heraus, dass es wirklich so war. Dann kam der schwarze Mann von Sektion13", erzählte Samuel.

Sarah warf ein: „Aber der ist doch fort. Meinst du, dass der wiederkommt?"

„Keine Ahnung. Gesehen habe ich ihn nicht. Aber auffällig ist, dass uns jemand in die Irre führen wollte."

„Wie das?"

„Zweimal fiel mir auf, dass meine Wegmarkierungen entweder entfernt oder verändert worden waren. Beim ersten Mal war mein Kreidestrich ganz weg. Ich war mir ganz sicher, ihn an die Wand gemalt zu haben. Beim zweiten Mal haben wir herausgefunden, dass jemand falsche Markierungen angebracht hatte – leider erst zu spät. Somit sind wir in die falsche Richtung gelaufen."

„Das finde ich beunruhigend", murmelte Sarah. „Demnach ist euch die ganze Zeit jemand gefolgt."

„So sieht es aus. Vergessen wir eines nicht: Markus hat uns doch erklärt, dass die Sektion13 auch hinter den sieben Testamenten her ist. Wie wir sie bisher kennengelernt haben, liegt denen nicht viel daran, diese biblischen Beweise zu veröffentlichen. Ich hatte eher den Eindruck, als wollten sie alles verschwinden lassen."

Inzwischen breitete Paul die Symbolzeichnungen auf dem Tisch aus und betrachtete sie. Er begann sie zu drehen und zu sortieren, nahm wieder eine weg und legte eine andere hin.

Neugierig kam Sarahs Mutter vorbei und warf einen interessierten Blick auf den Zettelhaufen. „Hm, darf ich mal?" Mit einigen geschickten Handgriffen sortierte sie in Windeseile den Zettelhaufen um. „Das ist ein Puzzle. Das Stück hier, der Schnipsel dort. Und hier ... fehlt noch etwas."

Als Paul die Zettel sortiert vor sich liegen sah, murmelte er: „Das erinnert mich an ein Brettspiel. Wenn man die Puzzleteile richtig kombiniert, ergibt das diverse Wege mit Abzweigungen."

„Uh, jetzt wo du es sagst." Samuel kniff die Augen zusammen. „Könnte wirklich sein. Da wir diese Symbole quer durch die alte Kanalisation gefunden haben, könnte dieses Puzzle vielleicht eine Art Landkarte sein. Möglicherweise handelt es sich hierbei um den Plan des unterirdischen Tunnelnetzes der alten Kanalisation."

„Zumindest ein Teil davon", schränkte Sarahs Mutter ein. „Wir haben hier einen Bereich mit vielen passenden Puzzleteilen. Hier drüben gibt es gleich mehrere offene Enden. Und da", sie zeigte auf einen Bereich am anderen Rand des Puzzles, „fehlt auch etwas."

„Vielleicht liegen die Teile ja auch falsch", vermutete Dominik.

Sarah überlegte: „Was bedeuten die Kreuze eigentlich?"

„Sekunde mal", Paul kramte seinen Notizblock aus und blätterte darin. „Ich habe mir unterwegs einige Notizen gemacht. Dieses Symbol haben wir zum Beispiel in der Nähe des Ausstiegspunktes im gotischen Viertel gefunden. Und das da drüben ist der Ausstieg im Industrieviertel."

„Dann sind die Kreuze die Ausstiegspunkte. Na super, damit haben wir doch schon einmal einen Anhaltspunkt", freute sich Sarah.

Ihre Mutter kam gerade mit einem Stadtplan in der Hand ins Zimmer zurück. „Wenn das eine Landkarte ist, dann müsste sich das mit dem Stadtplan vergleichen lassen." Sie schlug die passende Seite auf, und gemeinsam mit Sarah konnte sie im Handumdrehen herausfinden, welche Gebiete das Kartenpuzzle darstellte.

„Das ist interessant. Schaut mal, Jungs. Den Bereich rund um die Stadtmitte habt ihr fast vollständig abgegrast. Ringsum fehlt einiges, weil ihr nicht so weit gelaufen seid."

Samuel lief um den Tisch herum und schaute nachdenklich auf das Puzzle. Dann rieb er sich das Kinn und murmelte: „Okay, also wenn das hier der Ausstiegspunkt im Industrieviertel ist, und ich vermute, dass man uns genau in die falsche Richtung lotsen wollte ... was liegt am anderen Ende von Villstein?"

„Na, unser Venedig der Alpen", antwortete Dominik.

Sarah schüttelte den Kopf. „Das kann nicht sein. Dazwischen liegt noch der Fluss. Die Kanalisation muss davor enden."

„Das könnte demnach im gotischen Viertel sein", warf Sarahs Mutter ein. „Allerdings haben wir hier ein kleines Problem. Denn schaut mal, vom gotischen Viertel habt ihr gerade mal einen einzigen Weg mit Symbolen gefunden. Das Viertel ist aber viel größer. Ich glaube, da fehlt ein Stück der Karte."

Paul schüttelte den Kopf. „Das kann aber gar nicht sein. In dieser Gegend waren wir doch schon. Da ist nichts mehr."

Sarahs Mutter räusperte sich. „Warum sollte die Kanalisation denn ausgerechnet dort enden, obwohl noch viele andere Häuser dort gebaut sind, die ebenfalls einen Anschluss an die Kanalisation brauchten? Das erscheint mir recht unwahrscheinlich." An Sarah gewandt sagte sie: „Wie du weißt, schreibe ich derzeit einen Roman, der in Villstein spielt. Zu diesem Zweck habe ich mich viel mit Herrn Müller und Markus, also Pauls Vater, beraten. Ich meine mich zu erinnern, bei Markus einmal eine ähnliche Zeichnung gesehen zu haben. Vielleicht solltet ihr ihn mal fragen."

„Das machen wir." Flugs schwangen sich die vier auf ihre Fahrräder und fuhren zu Paul nach Hause. Glücklicherweise war sein Vater gerade da. Sie zeigten ihm die Papierschnipsel, die sie zu einer Grundrisskarte zusammengepuzzelt hatten.

Anerkennend nickte Pauls Vater. „Nicht schlecht. Das habt ihr gut herausgefunden. Aber wäre der erste Weg nicht das Rathaus gewesen? Für gewöhnlich lagern dort solche Unterlagen."

Sarah erklärte: „Das stimmt im Grunde schon. Während die Jungs die Gänge erforscht haben, habe ich das Rathaus besucht und bin dort auf Frau Goldstein Zyper-Mayer gestoßen."

„Ui, die mit der hohen Nase?", witzelte Dominik.

„Ach, komm schon. Ich glaube, sie ist eigentlich ganz nett. Sie hat mir erzählt, dass Villstein vor langer Zeit einmal ein Zentrum für Flößerei war. Es gab wohl sogar eine wettergeschützte Anlegestelle, die man immer dann ansteuerte, wenn sich ein Unwetter anbahnte."

„Ach, dann muss das die große Halle sein, die ich gefunden habe", warf Samuel ein. „Demnach waren das tatsächlich unterirdische Anlegestellen."

„Ja, das kann gut sein. Auf jeden Fall soll es früher einmal sehr viel Flößereibetrieb in und um Villstein gegeben haben. Man transportierte Erze aus dem Bergbau, viel Holz und ein paar andere Dinge, die ich grade vergessen hab. Damals im Zweiten Weltkrieg wurde die Flößerei weitgehend eingestellt, und die Lagepläne gingen verloren."

„Sag mal, hast du ihr etwa davon erzählt, dass wir da unten herumlaufen werden?", fragte Samuel misstrauisch.

Sarah schaute ihn verunsichert an. „Wieso fragst du das? Du glaubst doch nicht etwa, dass die Archivarin etwas damit zu tun hat? Was habt ihr nur gegen sie?"

„Also, mir kam sie schon ein bisschen komisch vor, fast schon unheimlich", meinte Paul dazu.

„Du spinnst doch. Ich finde, man sollte jedem Menschen eine faire Chance geben. Sie hat auch eine verdient."

Der letzte Satz traf Dominik mitten ins Herz. Sofort dachte er wieder an seinen Vater. Hatte er eine zweite Chance überhaupt verdient? Immerhin hatte er sie Dominik nicht geben wollen.

Bevor er weiter darüber nachdenken konnte, kam Markus aus dem Arbeitszimmer zurück und hielt ein ziemlich abgenutztes Ding in der Hand.

„Ich glaube, ich habe gefunden, wonach ihr sucht. Dieses dünne Pergamentstück – wobei es *Lederlappen* wohl besser trifft – befand sich im Buch der Wahrheit. Genau an der Stelle, wo es um das zweite Testament geht. Ich konnte bisher nichts damit anfangen. Aber jetzt, wo ihr die Symbole mitgebracht habt, ergibt es einen Sinn." Pauls Vater legte das bemalte Stück Leder sorgsam auf die leere Stelle der Zettelsammlung.

Samuel runzelte die Stirn. „Interessant. Da ist ein ganz ähnliches Symbol abgebildet."

„Hurra, es passt!", freute sich Dominik lautstark. „Aber was macht das Ding eigentlich im Buch der Wahrheit?"

Pauls Vater überlegte. „An der Stelle, wo ich das Pergament fand, lag auch der Brief des namenlosen Mannes, also des Mannes, der vermutlich im alten Gasthaus gefangen war. Ich kann nur vermuten, dass er die ganzen Symbole in den Gängen eingraviert hat, gerade dieses hier aber aus einem bestimmten Grund nicht."

„Wenn man genau hinsieht", Samuel zeigte auf das Puzzle, „kann man auch feststellen, dass dieser Weg, den man hier auf dem Lederstück sieht, eigentlich gar keinen Zugang zu den anderen Wegen hat."

„Ein Geheimgang!", rief Dominik aus.

„Genau. Und damit kennen wir jetzt vermutlich auch die Position, von der man uns weglocken wollte. Ich möchte zu gern wissen, was sich da unten befindet." Samuel nickte leicht, als wäre er in Gedanken bereits dort.

Pauls Vater wäre am liebsten dabei gewesen. „Seid bitte vorsichtig da unten. Ich kann euch heute leider nicht begleiten, da ich einen Vortrag bei einem wichtigen Seminar in München halte. Nehmt auf jeden Fall eure Ausrüstung mit und bleibt zusammen."

„Ja, Herr Vater!", antwortete Paul übertrieben brav.

Sein Vater grunzte. „Ich mein's ernst. Man kann nie wissen. Passt aufeinander auf!"

„Aber klar doch", bestätigte Dominik. „Wir sind doch ein Team."

Sarah stupste ihn an und sagte fröhlich lächelnd: „Markus, du weißt doch, dass wir nicht allein sind. Gott passt auf uns auf. Am besten beten wir gleich noch, dann kannst du beruhigt nach München fahren, okay?"

Gemeinsam baten sie Gott um Achtsamkeit und Bewahrung bei der bevorstehenden Erforschung des Untergrunds. Dann machten sich alle auf den Weg. Mithilfe der neuen Landkarte fanden sie einen nahe gelegenen Einstieg, den sie gut erreichen konnten. Er befand sich im gotischen Viertel Villsteins.

„Das ist ja voll krass", staunte Paul. „Hier sieht es ja wirklich vollkommen anders aus. Diese spitz zulaufenden Fenster kenne ich sonst nur aus Kirchen. Aber hier sind alle möglichen Häuser so gebaut worden. Das muss ich mir unbedingt mal in Ruhe anschauen. Heute wird das, glaube ich, nichts mehr."

„Ja, und morgen ist Schule", mahnte Sarah. „Das dauert hoffentlich nicht so lange."

„Wieso?", neckte Paul sie. „Verpasst du etwa das Sandmännchen?"

„Och, duuu!" Sarah sprang auf Paul zu und kitzelte ihn kräftig durch.

„Hilfe! Ich ergebe mich!", lachte er.

Doch Sarah kitzelte ihn weiter. „Nee, nichts da! Jetzt wirst du meinen Zorn zu spüren bekommen."

Doch Paul hielt Sarahs Arm fest, wirbelte gekonnt herum und drehte ihr den Arm hinter den Rücken. Jedoch nur so weit, dass er sie festhalten konnte, ohne ihr wehzutun. Nun stand er hinter ihr und flüsterte frech: „Was wolltest du sagen, hm?"

Samuel und Dominik lehnten sich an einen Baum und grinsten. Dann meinte Samuel: „Schau dir mal die beiden Turteltäubchen an. Sind sie nicht süß?"

Sofort lies Paul los, und Sarah reagierte erschrocken. „Was? So ein Quatsch."

Paul versuchte schnell abzulenken und fragte deshalb: „Wo ist denn nun unsere Einstiegsluke?"

„Na, hier drüben", antwortete Dominik, stellte sich auf einen Gullideckel und breitete die Arme aus. Dann sprach er mit tiefer Stimme: „Herzlich willkommen in Villsteins Unterwelt!"

„Scherzkeks", brummte Sarah und stieg hinab in die Kanalisation.

„Habt ihr schon bemerkt, dass mein Vater uns auch einen Kompass in die Ledertasche gesteckt hat? Auf die Idee hätte ich schon mal eher kommen können, ich Dussel. Das hätte uns einige Irrgänge erspart."

„Nicht schlecht, das macht die Suche natürlich leichter. So können wir gleich die richtige Richtung einschlagen. Wir müssen in Richtung Nordwesten. Also da lang."

„Irgendwo hier in der Gegend muss der Zugang zu dem Bereich der Kanalisation sein, der auf dem Lederstück aufgemalt war", sagte Samuel, während er die Wände untersuchte.

Paul sah sich ebenfalls um, konnte aber nichts entdecken.

Inzwischen untersuchte Dominik die Wand an einer ganz bestimmte Stelle etwas genauer. Er tastete sie ab, spürte Temperaturunterschiede und rief dann: „Leute, ich glaube, hier geht's lang."

Samuel, Paul und Sarah kamen herbeigeeilt.

„Willst du mit dem Kopf durch die Wand?", witzelte Sarah.

Dominik grinste. „Nein, aber ich habe damals etwas bei Markus gelernt. Als wir die Höhle erforschten, erklärte er, dass man die Wände genau betrachten sollte, um Temperatur- und Feuchtigkeitsunterschiede festzustellen. Tja, und nun schaut euch mal diese Wand hier an."

Sarah legte den Kopf zur Seite. „Ich würde sagen, sie ist etwas heller als links und rechts davon."

„Exakt", nickte Dominik.

Samuel kniff die Augen zusammen. „Ich sehe hier aber nirgends etwas, das man als Hebel oder Knopf benutzen könnte, um deine geheime Tür zu öffnen."

„Tja, ich auch nicht. Vielleicht hilft diesmal simples Drücken." Dominik zuckte mit den Schultern und machte sich ans Werk. Und tatsächlich ließ sich die Wand ein Stück hineindrücken, dann konnte Dominik sie drehen.

„Hereinspaziert!"

Paul murmelte: „Hm, das ging fast zu leicht."

Kurz darauf hatten sie einen breiten Gang erreicht. Allem Anschein nach war das kein Abflusskanal. Hier waren die Wände sogar verputzt. Es gab mehrere alte Eisentüren, die leider alle verschlossen waren.

„Na, super. Eine Sackgasse", nörgelte Dominik.

Samuel wuschelte ihm durch die Haare. „Jetzt mach mal halblang. Manchmal muss man halt ein wenig suchen."

Sie schwärmten aus und untersuchten jede Ecke, jede Tür und jeden Steinvorsprung.

„Nichts. Hier ist nichts", stellte Sarah enttäuscht fest.

„Hm. Das kann aber nicht sein. Warum sollte man uns sonst von hier fernhalten wollen, und wieso ist ausgerechnet dieser Bereich als Kartenfragment im Buch der Wahrheit verborgen gewesen? Das muss etwas bedeuten", erklärte Paul trotzig.

Als sie mehrere Minuten später noch immer nichts gefunden hatten, setzten sie sich frustriert in die Mitte des Raumes.

Dominik zog einen Schokoriegel aus der Jacke und teilte ihn auf. „Ich weiß nicht. Vielleicht sind wir diesmal ja wirklich auf dem Holzweg."

So etwas mochte Paul überhaupt nicht hören. Aufgeben war ausgeschlossen. Andererseits hatten sie wirklich gründlich gesucht und nichts gefunden. Ratlos ließ er sich nieder, legte sich auf den Rücken und verschränkte die Arme unter dem Kopf. Der Lichtstrahl seiner Stirnlampe huschte über die Decke. Plötzlich stutzte er. Dort oben glaubte er, etwas Ungewöhnliches entdeckt zu haben. „Hey, Leute, leuchtet mal nach oben. Ich glaube, ich hab was entdeckt."

„Was ... ist das?", murmelte Sarah. „Es sieht alt aus."

Dominik wunderte sich: „Eine Wandmalerei, hier unten? Das ist doch totale Verschwendung."

„Sie ist wunderschön." Sarah war hin und weg. „Ich liebe die Kunstwerke der alten Meister aus dem 15. bis 17. Jahrhundert. Sie wirken immer so lebendig, als würden sie ihre eigene Geschichte erzählen."

Neugierig stand Paul auf und nahm seine Lampe vom Kopf. Er versuchte, etwas genauer zu ergründen, was sie dort sahen. „Vielleicht liegst du damit gar nicht mal so falsch. Seht euch das mal genau an. In dem Gemälde erkennt man sieben Tore."

„Warte mal", unterbrach Samuel ihn, „wie viele Türen haben wir hier unten? Sieben! Das kann kein Zufall sein. Was haben wir noch?"

Sarah murmelte: „Wenn ich das richtig erkenne, sind diese Tore an der Decke unterschiedlich groß."

„Und diese Türen hier ebenfalls", bestätigte Samuel.

Dominik leuchtete die Tore im Deckengemälde nacheinander an. Dann hustete er gekünstelt und sagte: „Ist euch schon mal aufgefallen, dass an jedem Torbogen ein Wort steht? Das kann ich sogar lesen. Ist zur Abwechslung mal nicht in Lateinisch geschrieben."

Paul nickte. „Du hast recht. Mal sehen, was steht da? ‚Schafen', ‚Tür', ‚bin', ‚ich', ‚die', ‚den' und ‚zu'."

„Das sieht nach einem Wortpuzzle aus", vermutete Samuel und begann im Kopf zu rätseln.

Inzwischen erfreute sich Sarah weiter an dem Gemälde. „Schaut euch doch mal an, wie liebevoll der Hirte seine Schafe streichelt. Man bekommt ein Gefühl davon, wie er sich um sie kümmert, sie pflegt ..."

„Moment. Sagtest du Schafe?", unterbrach Paul sie in ihrem Schwelgen. „Wo siehst du hier Schafe?"

„Na, da oben links in der Ecke."

Dominik leuchtete gleich alle Ecken ab, was zu einer interessanten Erkenntnis führte. „Leute, in den anderen Ecken ist auch etwas zu sehen. Überall eine andere Szene. Hier gibt es noch einen Mann, der ein Haus zu bauen scheint. Ich glaube, ein Zimmermann. Und da drüben, das könnten Fischer sein. Aber was das vierte Bild bedeutet, kapier ich nicht."

„Mensch, das sind alles Bilder, die auf Jesus hindeuten: Jesus bei den Fischern; Jesus, der gute Hirte; Jesus, Sohn eines

Zimmermanns. Das vierte Bild ist recht dunkel. Ich denke, das zeigt das Gegenteil an."

„Also den Teufel?"

„Vermutlich. Aber viel wichtiger: Das ganze Gemälde könnte ein Hinweis auf ein Rätsel sein. Alles dreht sich um Jesus. Lesen wir die Wörter der Tore noch einmal: ‚Tür', ‚die', ‚den', ‚zu', ‚Schafen', ‚ich', ‚bin'. Das sind exakt sieben Wörter. Sieben Tore, sieben Türen, sieben Wörter. Na? Merkt ihr was?"

„Da muss ein Zusammenhang bestehen", stellte Dominik fest.

„‚Schafe, ‚Tür', ‚ich', ‚bin'. Aber na klar!" Paul klatschte sich an die Stirn. „Das ist ein Bibelvers. Fragt mich nicht, wo der steht, aber ich glaube, der geht so: Ich bin die Tür zu den Schafen."

„Super. Wir haben die Lösung!", freute sich Dominik. „Und was machen wir jetzt damit?"

„Natürlich die Geheimtür öffnen", witzelte Paul.

Samuel schaltete sich ein: „Ich hab auch schon eine Idee, wie. Nach unserer Gemäldeanalyse hab ich die Türen noch einmal genauer untersucht. Auf den Türrahmen oben drauf gibt es kleine Knöpfe oder Tasten. Vermutlich muss man sie in der richtigen Reihenfolge drücken, um damit eine Tür zu öffnen. Keine Ahnung, wieso wir die vorhin nicht schon bemerkt haben."

„In etwa so?", fragte Dominik und drückte spontan den nächstbesten Knopf.

Plötzlich ertönte ein dumpfer Knall, hinter ihnen schloss sich der Zugangstunnel, und eine Abdeckklappe an der Decke brach heraus und gab einen Wasserstrahl frei.

„Was hast du getan?", schrie Sarah.

„Mensch, Dom, du sollst nicht immer überall dran rumspielen", schimpfte Samuel.

Dominik erkannte sofort seinen Fehler, als seine Füße nass wurden. Er konnte sehen, wie Sarah die Angst in den Augen geschrieben stand. Jetzt hatte er seine Freunde schon wieder in Gefahr gebracht. Durch seine Unachtsamkeit passierte ihm das in letzter Zeit häufiger. Er nahm sich vor, in Zukunft besser aufzupassen.

„Jetzt beruhigt euch doch! Das hilft uns jetzt echt nicht weiter.“ Paul versuchte sich zu konzentrieren. „Dom, erinnerst du dich an das Rätsel mit dem Steinblock in der Höhle? Nachdem wir die richtige Kombination gedrückt hatten, war alles gut. Das klappt hier bestimmt auch. Also los. Samuel, du bist unser Rätselexperte, was meinst du?“

Samuel schluckte seinen Ärger runter und betrachtete das Deckengemälde noch einmal ganz genau, dann leuchtete er auf die Türen. Jetzt brach eine zweite Klappe auf und noch eine. Immer mehr Wasser strömte in den Raum.

„Schneller, Leute! Wir stehen schon knietief im Wasser. Ich hab keine Lust, als Fisch zu enden“, jammerte Sarah.

„Der Bibelvers, Paul. Ich glaube, das ist es. Die Tore im Gemälde sind unterschiedlich groß, genauso wie die Türen hier im Raum. Damit wir die Türknöpfe in der richtigen Reihenfolge drücken können, müssen wir vermutlich die Tore den Türen zuordnen. Die Reihenfolge ergibt sich dann aus dem Satz, also dem Bibelvers.“

„Dann los. Jeder zu einer Tür. Schnell!“ rief Paul. „Ich sage an, wer drückt. Also als Erstes kommt *Ich* – Dominik, *bin* – Sarah, *die* – Samuel, *Tür* – die da hinten, Dominik, *zu* – deine zweite Tür, Sarah, *den* – Samuel, deine zweite Tür – und *Schafen*, die ist bei mir.“

„Mach schneller, Paul!“, drängte Sarah.

Das Wasser reichte ihnen inzwischen bis an die Brust. Paul musste ein Stück hochklettern. „Achtung – und klack!“

Erst hörten sie ein rasselndes Geräusch. Dann folgte ein schabendes, dem ein dumpfer Knall folgte. Sofort versiegten die Ströme, und das Wasser begann wieder abzulaufen.

„Ohhh, Gott sei Dank!“, stöhnte Sarah.

„Und wie!“, japste Dominik. Da er der Kleinste von ihnen war, stand ihm das Wasser bereits bis zum Hals.

Nachdem das Wasser wieder abgeflossen war, begann die Wand auf einmal zu vibrieren. Plötzlich teilte sich die hintere Mauer und gab den Weg in einen dunklen Raum frei.

„Ich glaub's nicht“, staunte Dominik. „Wir haben tatsächlich schon wieder eine Geheimtür gefunden. Wir sollten uns mal 'ne Visitenkarte drucken lassen: *Geheimgang-Experten.*“

Samuel und Paul grinsten.

„Bei dir schreiben wir aber sicherheitshalber noch drunter: *Knöpfchendrücker.*“ Das fand nun auch Dominik einigermaßen lustig.

Sarah hingegen überhaupt nicht. „Wie könnt ihr da noch Witze reißen? Wir wären fast ertrunken!“

„Aber nur fast“, grinste Paul. Als er merkte, dass Sarah das Gesicht verzog, versuchte er einzulenken. „Hey, was ist denn ein Abenteuer ohne Gefahr? Ich glaube, das geht gar nicht.“

Sarah seufzte. „Na, wenn du meinst. Jetzt will ich aber wissen, was so Wichtiges in diesem Raum ist.“ Vorsichtig tasteten sie sich vorwärts.

„Was ist das hier?“, fragte Dominik.

Paul konnte helfen. „Das ist eine Fackel.“

„Davon gibt es hier noch einige mehr“, rief Samuel. „Ha! Und sogar Streichhölzer. Die sehen aber modern aus ... merkwürdig.“ Er nahm eins zur Hand und konnte eine Fackel anzünden. Dann ging er umher und zündete damit die anderen Fackeln an.

Jetzt wurde der ganze Raum in orange-gelbes, flackerndes Licht getaucht.

„Wow“, hauchte Sarah. „Das ist ja, als wäre man in die Vergangenheit gereist. Eine alte Anlegestelle mit echten historischen Flößen, das da drüben könnte ein Lastenkran sein. Erstaunlich, dass das alles so gut erhalten ist.“

„Seid mal alle ganz still!“, befahl Samuel auf einmal.

„Was ist denn jetzt schon wieder?“, meckerte Dominik und wrang seinen Jacke aus.

Samuel schloss die Augen und konzentrierte sich. „Ich höre ein leises, hochfrequentes Fiepen. Hört ihr das nicht?“

Paul und Dominik schüttelten den Kopf.

„Du hast wohl zu empfindliche Ohren“, witzelte Sarah.

„Hm, ich glaube, es kommt von da hinten.“ Langsam balancierte Samuel über einen wackligen Steg. „Meine Güte, was ist denn das?“, rief er erstaunt aus.

Inzwischen hatte die Neugier seine Freunde zu ihm getrieben. „Sieht ... technisch aus“, erkannte Sarah.

„Allerdings. Das gehört definitiv nicht hierher. Dieser unterirdische Privathafen sieht wie ein Museum aus. Aber dieses Ding ist neuste Technologie.“ Samuel überlegte fieberhaft. „Wo hab ich das schon mal gesehen? Ach, genau. In einem Spionagefilm. Dort hatten die etwas Ähnliches. Ein Funkverteiler, der ein eigenes Funknetz aufbaut.“

„Aber was macht denn dieses Ding hier unten?“, fragte sich Dominik. „Und vor allem: Wieso hat man es hier versteckt? Das können ja fast nur Ganoven gewesen sein. Was meint ihr? Sollten wir ihnen nicht das Handwerk legen?“

Samuel runzelte die Stirn. „Ich bin mir nicht sicher, ob gerade die Fantasie mit dir durchgeht, Kumpel. Allerdings bereitet es mir auch ein wenig Kopfzerbrechen. Man wollte uns von hier fernhalten. Es ist eindeutig illegal hier montiert worden. Das kann nichts Gutes bedeuten.

„Kann man das Ding nicht einfach entfernen?“, wollte Sarah wissen.

„Das würde ich lassen. Entweder gibt es einen Selbstzerstörungsmechanismus, oder es aktiviert sich ein anderer Netzwerkknoten als Ersatz. Es wäre sinnlos.“

Sarah hob den Zeigefinger. „Dann müssen wir herausfinden, wer dieses Gerät hier versteckt hat.“

Dominik rieb sich die Augen. „Und wofür ist das Ding gut?“

Samuel überlegte. „Wie gesagt, wenn ich nicht irre, wird damit ein Funknetz aufgebaut."

„Aber das wäre doch nichts Schlimmes", stellte Paul fest. „Dann wäre das ja im Grunde nichts anderes als ein Netzwerkrouter."

„Was für'n Ding?", fragte Sarah verwirrt.

Samuel erklärte: „Du kannst doch zu Hause bestimmt mit deinem Handy ins Internet gehen. Dann habt ihr sicher noch einen Computer oder ein Notebook. Damit all diese Geräte ins Internet gehen können, braucht man ein spezielles Gerät, ein sogenanntes Modem. Aber damit mehrere Geräte gleichzeitig online gehen können, brauchst du noch einen Router. Ein Netzwerkrouter baut ein solches Netzwerk auf und verbindet die ganzen Geräte miteinander und mit dem Internet."

Dann kratzte er sich am Kopf, wandte sich Paul zu und sagte: „Im Prinzip hast du also wahrscheinlich recht. Allerdings frage ich mich ernsthaft, wer hier unten ein Netzwerk installieren sollte. Und zu welchem Zweck?"

Dominik lachte. „Na, vielleicht wegen WLAN? Damit man hier unten auch die wichtigen WhatsApps lesen kann."

Samuel schüttelte entschieden den Kopf. „Nein, Mann. Das Teil hier ist kein Spielzeug. Das sieht wie Militärausrüstung aus. Und wenn ich mich richtig erinnere, wurde in dem erwähnten Film ...", er zögerte kurz, „damit eine Bombe angefunkt."

„Eine BOMBE?"

Hauptquartier

Kapitel 7

Dominik sprach aus, was alle gerade dachten: „Jetzt wissen wir, warum wir in die Irre geführt werden sollten. Damit wir nicht hinter das Geheimnis der Bombe kommen."

„Nicht so schnell, Dom", bremste Samuel ihn. „Im Moment wissen wir noch nicht einmal, was genau dieser Funkverteiler ansteuert. Vielleicht ist er ja auch ganz harmlos."

Sarah zog die Augenbrauen hoch. „Und deshalb wurde er hier unten versteckt, wo praktisch nie jemand herkommt? Das glaubst du ja wohl selbst nicht."

Keiner hatte bemerkt, wie Paul sich von der Gruppe getrennt hatte und den Raum – oder besser gesagt, den unterirdischen Privathafen – weiter erforschte. „Hab was gefunden!", rief er überrascht aus und winkte sie zu sich. „Wisst ihr, ich habe mich gefragt: Warum gerade dieser verborgene Raum?"

„Na, liegt das nicht auf der Hand?", sagte Samuel. „Wie du schon sagtest – er ist verborgen."

„Nein, das meine ich nicht. Es sind zwei Dinge, die mich beschäftigen. Das Erste ist dieser unterirdische Hafen hier. Schaut euch doch mal um. Man entdeckt überall an den Wänden und Holzbalken wohlbekannte Symbole."

Dominik staunte. „Du hast recht, das sind alles Zeichen der Archivare. War mir vorhin gar nicht aufgefallen."

„Genau. Das Fragment des Lageplans war sicher nicht umsonst im Buch der Wahrheit versteckt. Hier muss noch etwas anderes zu finden sein. Ein Hinweis, der uns dem zweiten Testament näherbringt."

Neugierig fragte Sarah: „Und was ist dann das Zweite?"

„Na ja, korrigiert mich, wenn ich irre. Aber so wie es aussieht, ist uns irgendjemand mindestens einen Schritt voraus."

Dominik schluckte. „Jemand, der sich mit biblischer Geschichte auskennt und deshalb das Rätsel mit den Türen lösen konnte."

Paul nickte.

„Aber das würde ja bedeuten, dass noch jemand hinter dem zweiten Testament her ist." Samuel stellte ungern Vermutungen an, wenn sie keine Grundlage hatten. Aber in diesem Fall war er beunruhigt. „Also müssen wir jetzt unbedingt einen Zahn zulegen. Wenn die Testamente in die falschen Hände geraten, ist alles vorbei, noch ehe es richtig losgeht."

„Dann mir nach!", schlug Paul vor und eilte zur gegenüberliegenden Seite des Raumes. Nacheinander balancierten sie über die morschen Stege und erreichten eine große Metallwand, die in der Mitte einen schmalen Schlitz besaß.

„Ich vermute, dass dies der Ausgang ist oder besser gesagt, war. Dieses große Eisentor hat schon vorhin meine Aufmerksamkeit auf sich gezogen, weil Licht durch die Ritzen schimmert. Aber viel wichtiger ist, glaube ich, das hier." Paul zeigte auf zwei Gravuren, eine auf jeder Hälfte des Eisentores.

Dominik erkannte ein Bild. „Hm ... das könnte ein Berg sein. Aber was soll die Leiter darunter bedeuten?"

Paul legte den Kopf schief und murmelte: „Was, wenn das keine Leiter ist, sondern ..."

„... eine Schiene", ergänzte Dominik sogleich. „Da fällt mir ein, dass wir es schon einmal mit einer Eisenbahn zu tun hatten. Vielleicht ist das hier ein Hinweis auf eine Eisenbahn in den Bergen. Immerhin ist dieses Thema hier in Villstein ziemlich präsent."

Paul hob die Schultern. „Gibt es hier so etwas?"

„Aber klar, Kumpel. Und du weißt sogar schon, wo."

„Ach, weiß ich das?" Paul runzelte die Stirn. „Erhelle mich bitte mit deiner Weisheit."

Ein wenig verständnislos schüttelte Dominik den Kopf. „Du erinnerst dich bestimmt daran, wie du dich damals im Wald verirrt hast und dann an einer Bahnstrecke entlang zurück nach Villstein gefunden hast?"

„Ach, das! Ja, daran erinnere ich mich noch gut. Allerdings hatte ich bisher keine Ahnung, wo diese Strecke hinführt."

„Dann sollten wir das mal erforschen."

Nachdenklich sprach Samuel: „Eventuell habe ich auch eine Idee, wonach wir dort suchen müssen. Hier steht wieder etwas Lateinisches."

„Och, Mensch. Jetzt geht das wieder los", meckerte Dominik.

„Alles gut, Dom. Das bekomme sogar ich hin", beruhigte Samuel ihn und musste schmunzeln. „Pass auf, hier steht: *Est oculus*."

„Oh ja, DAS ist natürlich ganz einfach!", spöttelte Dominik.

Sarah sagte trocken: „Hier geht's bestimmt um ein Auge. An einem Fernglas oder Mikroskop gibt es ja ein Okular, da guckt das Auge durch. Also hat *oculus* bestimmt was damit zu tun."

Samuel verbeugte sich ehrerbietend. „Wirklich toll, Sarah. *Est oculus* heißt tatsächlich: das Auge."

Paul fasste zusammen: „Also haben wir einen Berg, eine Eisenbahnstrecke und ein Auge. Wie soll das zusammenpassen?"

„Ich habe keine Ahnung", stöhnte Dominik. „Aber ich würde mal vermuten, ein erster Schritt wäre die Erkundung der alten Eisenbahnstrecke, die in die Berge hinaufführt."

„Was meint ihr?", fragte Samuel in die Runde. „Klingt logisch, oder?" Paul und Sarah nickten. Sie vereinbarten, sich am nächsten Tag zu treffen, um diesem Hinweis zu folgen.

„Aber da wäre noch eine Sache", bremste Sarah ihre Freunde. „Das Gerät dort in der Ecke ..."

Samuel nickte langsam. „Hm, ich schlage vor, wir erzählen Freddy davon. Er arbeitet bei der Polizei. Er wird sicher wissen, was zu tun ist."

Am nächsten Tag starteten die vier Freunde direkt nach der Schule mit den Fahrrädern ihre Suchaktion in die Berge und folgten der alten, stark zugewachsenen Eisenbahnstrecke. Die Bahnstrecke erwies sich an manchen Stellen als ziemlich steil, sodass Paul nach einiger Zeit völlig aus der Puste war.

„Keine Müdigkeit vortäuschen“, lachte Dominik und sprintete voraus.

„Meine Güte!“, keuchte Paul. „Kaum geht es seinem Fuß wieder gut, radelt er uns davon.“ Der Bahndamm wurde immer schmaler, sodass sie absteigen und schieben mussten. Zum Fahren war längst kein Platz mehr. Doch schließlich entdeckten sie ein mögliches Ziel: einen alten Bahnhof. „Seid ihr schon mal hier gewesen?“

Sarah kramte in ihren Erinnerungen. „Nein, nicht, dass ich wüsste. Bis jetzt wusste ich nicht einmal, dass es hier einen Bahnhof gibt oder besser gesagt, gab.“

„Er scheint schon ziemlich alt und heruntergekommen zu sein“, stellte Samuel fest.

„Was ist denn das dahinten?“, rief Dominik überrascht aus, warf sein Fahrrad auf die Schulter und spurtete quer über die Gleisanlagen, vorbei am Bahnhofsgebäude, in Richtung eines alten Schuppens.

Die anderen hatten Mühe hinterherzukommen. Als sie Dominik erreichten, stand er wie angewurzelt da und blickte ehrfürchtig auf ein großes schwarzes Fahrzeug direkt vor ihm. Fast schon andächtig strich er mit der Hand über die kalte schwarze Metallfläche und fragte: „Wisst ihr, was das ist?“

„Sieht aus wie eine Dampflokomotive“, antwortete Sarah beiläufig, während sie um die Lok herumgingen.

„Nicht nur irgendeine Dampflok. Das, meine Freunde, ist die legendäre Bayerische G5/5, die später als Baureihe 57 von der Deutschen Reichsbahn übernommen wurde. Hierbei handelt es sich um eine Güterzuglokomotive, die auch bei größeren Steigungen noch ordentlich was ziehen konnte. Wenn ich mich richtig erinnere, wurden von dieser Baureihe weniger als hundert Stück gebaut. Das Besondere an diesen Loks war, dass sie fünffach gekuppelt waren und ..."

„Ja, stopp! Wir haben's kapiert. Du bist verliebt", lachte Sarah.

Dominik schwärmte noch weiter: „Ich hatte ja keine Ahnung, was für ein Schatz hier in den Bergen herumsteht. Soviel ich weiß, existiert heute keine einzige Lok dieser Art mehr."

Samuel grinste. „Willst du sie vielleicht gleich heiraten?"

Derweil hatte sich Paul ein wenig in der Gegend umgesehen. „Das ist hier fast ein Stück Eisenbahngeschichte. Da vorn, der historische Wasserkran, und sogar ein alter Lokschuppen."

„Der sieht aber auch nicht mehr ganz frisch aus", stellte Sarah fest.

Dominik war bereits ins Führerhaus gestiegen, schaute aus dem Seitenfenster und verkündete fröhlich: „Mir kommt da so eine Idee."

„Na, jetzt bin ich aber gespannt." Samuel fragte sich, ob er neugierig oder gewarnt sein sollte.

„Seit einiger Zeit sind wir ein Team. Wir lösen knifflige Fälle. Aber wisst ihr was? Jedes Team braucht ein Hauptquartier. Wir haben bis jetzt noch keins. Bis jetzt! Kommt mal hoch."

Neugierig bestiegen die drei das Führerhaus.

Stolz präsentierte Dominik seine Idee und zeigte auf den leeren Schlepptender. „Unser neues Hauptquartier!"

Samuel verzog das Gesicht. Sarah ging hinein und meinte: „Da fehlt wohl ein Dach oder so."

Aber Dominik ließ sich nicht beirren. „Kein Problem. Wir bauen einfach eins drauf. Der Tender ist geschätzte 1,50 m hoch. Da es sich um einen Kastentender handelt, könnte man problemlos aufbauen. Platz haben wir hier auch genug."

„Na ja, wenigstens ist so ein Tender ziemlich stabil. Könnte man schon was draus machen." Samuel überlegte.

„Also, was sagt ihr? Ja?" Dominiks Begeisterung schien die anderen mehr und mehr anzustecken.

„Okay."

„Ja, gut."

„Von mir aus."

Bei all der Aufregung hatten sie völlig vergessen, weshalb sie eigentlich hier oben waren.

„Aber wir sollten uns dringend einen anderen Weg suchen. ´Ne halbe Stunde auf den Gleisen herumstolpern macht echt keinen Spaß", jammerte Sarah und rieb sich die Füße.

„Sagt mal, was riecht hier eigentlich so lecker?" Dominik sprang von der Lok herunter und schnupperte in der Luft herum wie ein Hund, der Witterung aufnimmt.

Samuel lachte. „Los, folgen wir Doms Nase!"

Sie gingen auf das alte Bahnhofshäuschen zu und sahen Rauch aus dem Schornstein aufsteigen.

„Mhm ... das riecht ja wie beim Bäcker." Dominik lief das Wasser im Mund zusammen. „Bekommt noch jemand gerade großen Hunger?"

Schmunzelnd ging Sarah voraus. „Meine Güte, du denkst aber auch immer nur ans Essen, was?" Das Bahnhofsgebäude sah ein wenig wie in einem Western aus. Es besaß zwei eingeschossige Gebäudeteile, die durch einen Durchgang voneinander getrennt waren. Direkt darüber verband eine zweite Etage die beiden Einzelgebäudeteile zu einem Ganzen. „Da oben sieht man Gardinen, und eines der Fenster ist geöffnet. Ich glaube, da wohnt jemand. Kommt, schauen wir mal nach."

Paul, Samuel und Dominik folgten ihr hinters Haus, wo eine Eingangstür zu finden war. Am Briefkasten lasen sie: „F. Müller". „Schaut mal, noch ein Müller."

Spontan klingelte Sarah.

Kurz darauf rumpelte es im oberen Stockwerk, dann öffnete jemand ein quietschendes Fenster. „Ja, bitte?"

Sarah schaute nach oben und entdeckte einen knuffigen alten Mann, der so um die siebzig sein musste. „Guten Tag, Herr ..."

„Müller", flüsterte Paul.

„... Müller. Schön, Sie zu sehen. Wir sind gerade ein wenig, ähm, spazieren und haben etwas gerochen. Da waren wir neugierig, wer hier wohnt."

„Ach so, das ist kein Problem. Wartet, ich komme nach unten", rief der alte Mann und verschwand vom Fenster. Kurz darauf waren Schritte auf einer knarzenden Holztreppe zu hören. Als er die Tür öffnete, sprang ein kleiner, quirliger Hund heraus und beschnupperte die Besucher.

Sarah bückte sich zu ihm hinunter und war gleich ein Herz und eine Seele mit ihm.

Paul verzog das Gesicht. „Iiehh, magst du es, abgeleckt zu werden?"

Samuel lachte und kniete sich dazu. „Ach, Paul, ich glaube, du musst noch so einiges über Tiere lernen." Er kraulte den kleinen grauen Vierbeiner am Hinterkopf und fragte den alten Mann: „Wie heißt Ihr Hund eigentlich?"

Der alte Mann räusperte sich und erklärte: „Das ist Jerry. Er ist mir seit vielen Jahren ein treuer Begleiter." Eine Weile lang beobachtete er, wie Sarah und Samuel mit ihm spielten. „Hach, ist das schön. Er scheint euch zu mögen. Mein Name ist übrigens Fritz Müller. Aber nennt mich bitte einfach nur Fritz. Hier draußen sind Förmlichkeiten unnötig."

Samuel stellte sich und seine Freunde vor.

Paul beobachtete den alten Mann, wie er sich freute und sich wohl am liebsten gleich mit hingekniet hätte. Doch sein Gehstock ließ erahnen, dass er dazu nicht mehr in der Lage war. „Sagen Sie, warum leben Sie denn hier draußen, so ganz allein? Hier ist doch keine Menschenseele."

Mit einem Mal verschwand die Freude aus dem Gesicht des alten Mannes, er seufzte. „Tja, weißt du, es gibt Dinge zwischen Himmel und Erde, die werden wir Menschen wohl niemals verstehen."

Dominik schüttelte den Kopf. „Bitte, was? Ich glaube, ich verstehe Ihren Satz gerade nicht."

Der alte Mann lächelte müde und schaute Dominik lange an. Dann sagte er: „Mein Junge, du bist noch jung. Du hast das ganze Leben noch vor dir. Eines Tages wirst du es verstehen. Aber lass mich dir einen Rat geben: Wenn du die Chance hast, in deinem Leben oder im Leben eines anderen Menschen etwas Gutes zu tun, dann zögere nicht."

Dominik wich zurück. Unwillkürlich musste er an seinen Vater denken. Meinte der alte Mann etwa ihn? Aber das war doch völlig unmöglich! Woher sollte er wissen ...? Er verschränkte die Arme. Kopfschüttelnd murmelte er: „Ts ts, Sie haben ja keine Ahnung."

Der alte Mann drehte seinen Gehstock im Kies hin und her und murmelte ein „Hm" vor sich hin. Er schien nachzudenken. Doch plötzlich setzte er wieder ein fröhliches Gesicht auf und fragte die Kinder: „Habt ihr Lust auf Kekse? Ich lade euch ein."

Noch bevor die Jungs etwas erwidern konnten, nickte Sarah fröhlich und folgte dem alten Mann ins Haus, während der kleine Hund um ihre Füße herumhuschte und mit dem Schwanz wedelte. „Kommt ihr?"

„Sollten wir wirklich da reingehen?", raunte Paul Samuel fragend zu. „Ich meine, wir wissen ja überhaupt nichts über ihn."

Samuel schien nachzudenken. „Normalerweise würde ich dir recht geben, Paul. Aber im Notfall wären wir vier gegen einen. Ich glaube, dieses Risiko können wir eingehen."

Als der Mann die Wohnungstür öffnete, strömte ihnen der Duft frisch gebackener Kekse entgegen. Er holte einen bunt bemalten Teller aus dem Schrank, entfaltete eine Serviette und legte liebevoll einen Ring aus lecker aussehenden Keksen darauf. Dann holte er noch etwas Tee und trug mit Sarahs Hilfe alles ins Wohnzimmer.

Als Dominik den ersten Keks gekostet hatte, nuschelte er mit vollem Mund: „Oh Mann, es wäre ja die reinste Verschwendung, diese Kekse nicht zu essen!"

Der Keksteller wurde ziemlich schnell leer.

Der alte Mann saß still auf seinem geblümten Sofa und hielt sich noch immer am Stock fest. Er starrte die ganze Zeit nur vor sich hin. Dann sprach er leise:

„Vor langer Zeit lebte einmal ein junger Mann, der im Betrieb seines Vaters mitarbeitete. Er galt als tüchtig und zuverlässig. Dann, eines Tages, erhielt er ein Versprechen, dass er mal ein ganz Großer werden würde. Er würde viel Verantwortung tragen und die Geschicke vieler Menschen lenken. Doch ehe er seinen Posten antreten konnte, musste er viele Jahre Geduld üben. Es waren bewegte Jahre – mit Höhen und Tiefen. Doch er vergaß niemals das große Versprechen, welches ihm gegeben worden war. Er wollte diese Chance unbedingt nutzen."

„Von wem sprechen Sie?", wollte Samuel wissen.

„In der Bibel gibt es Erzählungen über David, vielleicht kennt ihr ihn sogar."

Samuel nickte.

„Dieser David war einst ein ganz Kleiner, der Jüngste der Familie. Doch über die Jahre wuchs er zu einem verantwortungsvollen und disziplinierten Mann heran. In seinem Leben gab es viele Chancen, Böses zu tun. Doch er entschied sich meistens für das Gute. Aber auch David war nicht perfekt."

Samuel übernahm. „Sie spielen bestimmt auf die Begebenheit mit Batseba an, oder?"

Lächelnd nickte der alte Mann.

„Was war mit Batse… was noch mal?", fragte Dominik.

„Batseba. Das war eine besonders schöne Frau, die gleich neben Davids Königspalast lebte. Diese Geschichte kannst du in der Bibel nachlesen, sie steht in 2. Samuel 11. Das weiß ich zufällig ziemlich genau, weil ich dieses Buch der Bibel schon mehrmals gelesen habe. Na, jedenfalls war das damals so: David spazierte gerade auf dem Balkon seines Palastes herum, als er diese Frau entdeckte und ihr beim Baden zuschaute."

„Ey, das ist aber unhöflich", warf Paul ein.

Samuel grinste. „Klar, Männer halt."

Der alte Mann fuhr fort: „Mir ist an dieser Geschichte vor allem eine Sache wichtig: David war schließlich so vernarrt in diese Frau, dass er ihren Mann in den Krieg schickte, damit dieser starb. Nur, um selbst an die Frau zu kommen."

„Das ist ja obermies", beschwerte sich Dominik.

„Ja, das stimmt", antwortete Fritz. „Aber weißt du, was dann geschah? David wurde von einem Propheten namens Nathan dafür gerügt. Die Strafe folgte. Doch David ergriff die Chance und bat Gott um Vergebung. Und Gott gewährte sie ihm."

Einen Moment lang schwiegen alle.

„Als ich vorhin davon sprach, Chancen zu nutzen, hast du abwehrend reagiert. Das lässt mich vermuten, dass dich irgendetwas beschäftigt. Was es auch sein mag, frag dich selbst, ob es nicht einfach nur eine neue Chance braucht."

Dominik erhob sich vom Sessel und schlurfte zum Fenster. Gedankenverloren schaute er über die Baumwipfel ins Tal hinab. Da fiel sein Blick auf eine Postkarte, die in den Fensterrahmen geklemmt worden war. *Der Mensch sieht auf das, was vor Augen ist, aber der Herr sieht auf das Herz,* stand darauf geschrieben. Nachdenklich fragte Dominik: „Herr Müller, äh ... Fritz, dann möchte ich jetzt etwas fragen. Sie haben mir gesagt, ich sei noch jung und sollte Chancen nutzen, um Gutes zu tun." Langsam drehte er sich um und schaute den alten Mann eindringlich an. „Welche Chance haben Sie nicht genutzt? Es klingt so, als hätten Sie etwas verpasst."

Seufzend lehnte sich der alte Mann zurück und strich sich über seine schütteren Haare. „Nun ja, ich ... habe einen Bruder. Wir haben uns vor langer Zeit heftig gestritten und sind auseinandergegangen, ohne uns je wiederzusehen."

„Wann war das?"

„Vor mehr als fünfzehn Jahren."

„Oh, das ist ja schrecklich!", sagte Sarah entsetzt.

Samuel wollte mehr wissen. „Wenn es nicht zu persönlich ist ... Warum haben Sie sich nicht wieder vertragen?"

„Ach, weißt du, so banal das auch klingen mag, aber es ging um eine Frau."

„Sie waren beide scharf auf sie, richtig?", vermutete Dominik frech grinsend.

„Nein, das war es nicht. Er war in einer wichtigen Position in Villstein tätig und häufig unterwegs. Darunter litten seine Frau und seine ganze Familie. Da sie meine Schwägerin ist, sprach sie häufig mit mir darüber. Sie überlegte sogar, sich von ihm zu trennen. Als ich meinen Bruder damit konfrontierte, gab es einen großen Krach deswegen. Von da an gingen wir uns aus dem Weg."

Dominik kratzte sich am Kopf. „Sagen Sie, der Name Ihres Bruders beginnt nicht zufällig mit einem ‚E' oder?"

„Doch. Er heißt Ernst."

„Nicht etwa Ernst Müller?" Dominik machte große Augen. „Mein Nachbar?"

„Sofern er noch in der Gartenstraße wohnt, könnte das schon sein. Er war viele Jahre lang der Bürgermeister von Villstein."

Sarah verstand es nicht. „Aber wieso haben Sie denn nie versucht, sich auszusprechen? Einer von Ihnen beiden muss doch mal genug Mumm in der Hose haben."

Der alte Mann seufzte nur wieder.

„Ich glaube, wir sollten wieder los." Samuel stand auf und bedeutete den anderen zu gehen. „Vielen Dank für Ihre Einladung, Fritz."

„Oh, lasst euch nicht aufhalten." Mühsam drückte sich der alte Mann vom Sofa hoch und gab jedem die Hand.

„Wenn ihr mal wieder in der Nähe sein solltet, würde ich mich freuen, euch wiederzusehen."

Grinsend nickte Dominik, der sich bereits vorstellte, wie das neue Hauptquartier in der Dampflok aussehen könnte.

Nachdenklich betrat Sarah den ehemaligen Bahnsteig und blieb stehen. „Leute, ich habe das dringende Gefühl, dass wir etwas tun müssen. Ich meine, für Fritz und Ernst."

„Wie willst du das denn machen?", fragte Samuel ratlos.

„Keine Ahnung. Aber so etwas find ich traurig. Wenn du jahrelang nur Bitterkeit und Trauer kennst, macht dich das doch total fertig." Kaum hatte sie ausgesprochen, fiel ihr ein, dass Dominik gerade etwas Ähnliches durchmachte. Spontan umarmte sie ihn und flüsterte ihm ins Ohr: „Dom, ich wünsche dir so sehr, dass alles wieder gut wird."

Paul hatte inzwischen das Ende des Bahnsteiges erreicht und schaute sich um. Er war schon wieder ganz in Gedanken, um die Hinweise aus dem unterirdischen Flößerhafen zu deuten und murmelte: „Berg, Schiene, Auge. Was hat das nur zu bedeuten?" Er winkte die anderen herbei. „Ihr wohnt ja schon immer hier. Ich weiß gerade nicht weiter. Wir sind hier auf dem Berg, bei einer Eisenbahn. Jetzt fehlt uns noch das Auge. Kennt ihr vielleicht einen Berg, der Auge heißt, oder so?"

Seine Begleiter schüttelten den Kopf.

Dominik schaute sich mit dem Fernglas um. „Hm, einen solchen Berg kenne ich nicht. Aber wie wäre es mit einer Felsformation, die ein Loch hat?"

„Wo? Zeig mal her!" Samuel nahm sein ausziehbares Fernrohr zur Hand und schaute in dieselbe Richtung wie Dominik. „Tatsächlich. Das könnte man durchaus als Auge bezeichnen."

„Und was sieht das Auge?", wollte Sarah endlich wissen.

„Hm, ich erkenne das Wehr mit der alten Floßschleuse und Männer, die sich daran zu schaffen machen."

Paul wurde ganz aufgeregt. „Was? Sind die uns schon wieder einen Schritt voraus? Dann müssen wir dringend da runter."

Alles im Fluss

Kapitel 8

Dominik rief: „Worauf warten wir? Los geht's!", und sprang auf sein Fahrrad. Die anderen folgten ihm hastig. Dunkle Wolken schoben sich vor die Sonne, als vier eilige Radler quer durch den Wald und anschließend durch Villstein jagten. Sie bogen in eine kleine Nebenstraße ein, und Dominik bremste unerwartet stark ab, sodass die anderen ihn fast überfuhren.

„Hey Mann, was machst du?", schimpfte Samuel.

Dominik starrte zum Fluss. „Seht ihr auch, was ich sehe?"

„Das gibt's doch nicht!", hechelte Paul noch ganz außer Atem.

Sarah wagte kaum zu fragen: „Ist das nicht derselbe schwarze Mercedes, der ...?"

„Jetzt sind es schon zwei von der Sorte", unterbrach Samuel und wies auf den Parkplatz. „Also, wenn die hier sind, dann sind wir mit Sicherheit richtig."

Dominik schluckte einen Kloß runter. Ihm steckte die letzte Begegnung mit dem Fahrer eines solchen schwarzen Mercedes noch immer in den Knochen. „Dann sollten wir jetzt vorsichtig sein, oder?"

Langsam fuhr Samuel voraus, während die anderen dicht hinter ihm blieben. Er steuerte einen großen Felsen an, der ein gutes Versteck für die Fahrräder bot. Dann krochen sie auf allen Vieren zur nächsten Anhöhe, um das Geschehen zu beobachten.

Paul fragte: „Was ist das hier eigentlich?"

„Das ist die alte Floßschleuse", erklärte Sarah. „Früher, als noch Flößereibetrieb herrschte, fuhren die Flößer über den See und nutzten die Schleuse, um das Höhenniveau zwischen See und Fluss zu überwinden. Dann fuhren sie mit den Flößen den Fluss hinab bis zur Isar und von dort bis nach München."

„Aha, interessant. Und wie funktioniert eigentlich so eine Schleuse?"

Hier konnte Dominik weiterhelfen. „Im Grunde ganz einfach. Es gibt zwei große Schleusentore und dazwischen das Schleusenbecken. Wenn man vom See hinunter zum Fluss möchte, werden zunächst die beiden Schleusentore geschlossen. Anschließend lässt man Wasser ins Schleusenbecken fließen und füllt es komplett aus."

„Wie bei einer Badewanne?"

„Genau. Wenn das Becken voll ist, wird das obere Schleusentor geöffnet, dann kann ein Floß hineinfahren. Sobald das Floß im Becken ist, wird das obere Schleusentor wieder geschlossen und das Wasser des Beckens wird abgelassen."

Paul überlegte. „Als würde man den Stöpsel ziehen, richtig?"

„Ja, richtig", grinste Dominik. „Irgendwann ist so viel Wasser herausgeflossen, dass der Wasserstand im Becken genauso tief ist wie der Flusspegel. Dann öffnet man das untere Schleusentor, und das Floß kann das Schleusenbecken verlassen und auf dem Fluss weiterfahren."

„Aha. Aber was macht man denn, wenn man vom Fluss wieder in den See will?", fragte sich Paul.

„Na ja, das war eher unüblich. Für gewöhnlich fuhren die Flößer ihre Flöße flussabwärts zu ihrem Zielort und verkauften dort praktisch alles. Also auch das Floß. Es wurde komplett zerlegt."

Samuel ergänzte: „So ein Floß bestand ja im Grunde nur aus Holz. Das war damals geschätztes Baumaterial für Häuser, Schiffe und so weiter."

Dominik nickte. „Ja, genau. Die Heimreise traten sie dann meist zu Fuß an, vielleicht mit einem Karren oder so."

„Uff", stöhnte Paul, „dann muss das ja ein ziemlich harter Job gewesen sein."

„Ja, das glaube ich auch", meinte Sarah. „Irgendwann im Zweiten Weltkrieg gab man die Flößerei dann auf, weil Dampfmaschinen und Straßenfahrzeuge wesentlich effizienter, das heißt wirtschaftlich und technisch geeigneter, waren. Deshalb wurde vermutlich unsere Schleuse hier auch lange nicht mehr genutzt. Ich kann mich nicht erinnern, dass das obere Schleusentor jemals geöffnet wurde."

„Hm, dann ist das Tor ja mindestens achtzig Jahre alt", rechnete Paul. „Ziemlich alt. Sind deshalb diese Stahlrohre an dem Tor befestigt?"

Samuel überlegte. „Das wäre möglich, quasi als Sicherungsmechanismus. Man muss sich ja mal überlegen, dass auf der anderen Seite des Tores das Wasser des Villsteiner Sees mit aller Kraft dagegendrückt. Irgendwann wird das Holz morsch und spröde. Die Stahlbalken stabilisieren das Ganze vermutlich. Aber so genau weiß ich das auch nicht."

Dominik lenkte die Aufmerksamkeit seiner Freunde wieder auf das Geschehen vor Ort. „Also, diese Typen da sehen für mich jedenfalls wie ganz normale Arbeiter aus", flüsterte er.

„Hast du schon mal Arbeiter mit Lackschuhen gesehen?", fragte Samuel kopfschüttelnd. „Die haben sich bestimmt nur verkleidet. Was machen die da eigentlich mit den ganzen Leitern?"

Paul hatte einen der Arbeiter genauer beobachtet. „Der eine steht nur vor dem Tor und scheint es zu betrachten. Es sieht ganz danach aus, als würden die anderen die Stahlrohre demontieren. Sie klettern die Leitern hoch und sägen an der Stahlkonstruktion herum."

Samuel zog die Augenbrauen hoch. „Bohren die etwa Löcher in das Schleusentor? Wozu soll das denn gut sein?"

„Jetzt klettern sie an den Steigeisen alle wieder nach oben. Ich glaube, sie legen eine Pause ein", stellte Sarah fest. „Sieht so aus, als gingen sie zu dem Imbiss dort am Stadtrand."

Dominik robbte zurück und schaute sich um.

Schließlich entdeckte er die Steigeisen, die ins Schleusenbecken hinabführten.

„Was hast du vor, Dom?“, rief Samuel ihm nach.

„Ich will mir das Schleusentor genauer anschauen. Mir will nicht in den Kopf, warum die daran herumbohren.“

„Okay, aber sei vorsichtig.“

In geduckter Haltung schlich Dominik langsam am Rand des leeren Schleusenbeckens entlang, bis er die Steigeisen erreicht hatte, an denen er hinunterklettern konnte. Unten angekommen, stellte er sich an dieselbe Stelle, wo vorhin der Mann gestanden hatte. „Also, das ist das obere Tor der Schleuse, das das Schleusenbecken vom See trennt“, murmelte er vor sich hin und inspizierte die große Holzkonstruktion. Er sah mehrere geschnitzte Verzierungen am oberen Rand des Tores. In der Mitte entdeckte er ein kunstvolles Holzrelief, das ein prachtvolles Haus darstellte. Im unteren Teil befand sich eine große Gravur, die fast wie eine Skyline aussah. „Soll das vielleicht die Umrisse der Stadt Villstein darstellen?“, fragte er sich, als ein ganz bestimmtes Zwitschern ertönte. Er schaute sich um und konnte Samuel oben vom Rand des Schleusenbeckens winken sehen. Er hatte ihren geheimen Erkennungsruf gezwitschert, der fast wie ein Vogel klang. Dominik ahnte, worauf sein Freund hinauswollte. Vermutlich waren die Arbeiter auf dem Rückweg. Schnell kletterte Dominik wieder hinauf und lugte über die Beckenmauer. Er konnte sehen, wie die Arbeiter in die beiden schwarzen Mercedes einstiegen und davonfuhren. „Merkwürdig“, murmelte Dominik. „Was haben die hier gemacht?“ Nachdenklich kletterte er wieder hinunter, als seine Freunde an den Rand des Beckens kamen.

Samuel rief hinunter: „Na, Dom? Konntest du etwas finden? Die Arbeiter sind übrigens wieder verschwunden.“

„Sekunde noch“, antwortete Dominik halblaut und starrte angestrengt auf das große Holztor. Dabei fragte er sich, was der eine Mann sich so genau angeschaut haben könnte.

„Hast du eine Ahnung, wieso diese Arbeiter die Stahlkonstruktion entfernt haben?", fragte Paul.

Von Dominik unbemerkt begann das Tor an mehreren Stellen aufzuplatzen und wasserdurchlässig zu werden. Als Dominik ganz nah ans Tor heranging, um das Relief näher zu untersuchen, tropfte ihm auf einmal Wasser auf den Kopf. „Hey, was ...?" Er schaute auf und sah, dass ein Stück ausgebrochen war und ein kleines Rinnsal erzeugte. Dominik ging ein paar Schritte zurück, um einen besseren Überblick zu erhalten. Jetzt konnte er sehen, dass die Arbeiter, quer über das ganze Tor verteilt, Bohrlöcher platziert hatten. Aus einigen tropfte Wasser. Plötzlich hörte er ein knarzendes Geräusch.

Auch die anderen hatten es gehört.

„Was war das?", fragte Sarah erschrocken.

Es knackte schon wieder und noch einmal.

Instinktiv ging Dominik noch etwas weiter zurück. Da sah er, wie sich das alte Schleusentor ein wenig wölbte.

„Ach, du meine Güte! Seht ihr das?", rief Samuel laut aus und deutete auf das Schleusentor, aus dem ein größeres Stück herauszubrechen drohte. „Dom, nichts wie raus da!", schrie er. Doch es war schon zu spät. Das Holzstück brach aus dem Tor. Wasser ergoss sich in das Schleusenbecken.

Hektisch schaute Dominik sich um. Die Steigeisen waren direkt vor dem Tor. Er hatte Angst dorthin zu gehen. Ein paar Meter hinter sich entdeckte er einen erhöhten Mauervorsprung. Schnell rannte er darauf zu, als er hörte, wie Sarah laut aufschrie.

Mit einem großen Krachen zerbarst das alte Schleusentor, und das Wasser des Sees ergoss sich wie ein reißender Strom ins Schleusenbecken.

Dominik hastete zu dem Mauervorsprung und rettete sich darauf. Doch das würde nicht lange helfen. Tosende Wassermaßen sprudelten an Dominiks Füßen vorbei, und er schrie: „Hilfe! Helft mir!"

Seine Freunde erkannten Dominiks Notlage sofort.

Samuel rief Dominik zu: „Halte durch! Wir kommen!"

„Und wie willst du da rüber?", fragte Sarah ganz aufgeregt.

„Da, die Brücke!", schrie Paul und rannte los.

An der Stelle, wo sich früher einmal das große Holztor befunden hatte, hatte sich im Nu ein Abfluss aus dem Villsteiner See gebildet. Zur Haltekonstruktion des Tores gehörte auch eine kleine Brücke, die zu einer Insel mit einem kleinen Häuschen darauf führte. Zumindest früher mal. Heute schien nicht mehr viel davon übrig zu sein.

„Uhh ... deine Brücke hat ja nicht mal ein Geländer", stellte Sarah entsetzt fest. Tatsächlich bestand die Verbindung zwischen den beiden Ufern nur noch aus einem dicken Holzbalken. Sarah wurde nervös. Da sollten sie drüber?

Samuel erlangte als Erster die Fassung wieder. „Es nützt nichts. Wir müssen da rüber. Ohne uns hat Dominik keine Chance."

Also gut, sie betraten den Überrest der Brücke. Vorsichtig, Schritt für Schritt balancierten sie über den Balken, unter ihnen der reißende Wasserstrom. Eine gefühlte Ewigkeit später erreichten sie die andere Seite.

„Puhhh. Endlich!", schnaufte Sarah.

Ohne zu zögern, rannten sie zu der Stelle, wo sie Dominik vermuteten.

„Hilfe! Wo bleibt ihr denn?" Er schrie aus Leibeskräften. Das Wasser war so hoch, dass Dominik nicht mehr stehen konnte, sondern sich krampfhaft an einem herausragenden Stahlrohr festhielt. „Ich kann bald nicht mehr!", krächzte er.

Samuel erkannte das Problem, hatte aber keine Idee, wie er helfen sollte. Dominik befand sich zu weit unten, und das Stahlrohr, an dem er sich festhielt, wackelte bedrohlich.

Inzwischen kramte Paul bereits in seiner Ledertasche und zog ein Seil heraus. „Hier, das müsste gehen." Eilig befestigten sie das Seil oben am Geländer des Schleusenbeckens und ließen es zu Dominik hinunter.

„Halt dich am Seil fest! Wir ziehen dich hoch!", rief Paul.

Endlich war Hilfe in Sicht. Dominik atmete auf und rief: „Okay, zieht!"

Mit vereinten Kräften zogen seine drei Freunde ihn nach oben. Er konnte das alte Stahlrohr jetzt als Stütze benutzen. Samuel hielt ihm die Hand entgegen. Gerade als Dominik sie ergriff, brach unter seinen Füßen das rostige Rohr weg.

„Aaaah", schrie er auf und rutschte ein Stück zurück.

„Hab dich!", rief Samuel gepresst, während er Dominik nach oben zog.

„Du solltest Gott danken, dass wir dich retten konnten", keuchte Samuel.

„Schon wieder!", japste Dominik. „Irgendwie werd ich das Gefühl nicht los, dass ich andauernd gerettet werden muss. Zuerst rettet mich Paul, dann mein Vater und jetzt ihr. Wahnsinn!"

Paul lehnte sich mit dem Rücken an das kleine Häuschen. Er sah nachdenklich aus. „Ich erinnere mich, als ich meinen Unfall in der Schule hatte und anschließend ins Krankenhaus musste, dass der Arzt erklärte, dass es ziemlich ernst war. Ich hätte sterben können. Er glaubte, Gott habe noch etwas vor mit mir." Paul schaute Dominik ernst an. „Dom, ich glaube, für dich trifft das auch zu. Gott hat dir dreimal Rettung geschickt."

„Drei Chancen ...", flüsterte er.

Sarah legte den Arm auf Dominiks Schulter und sagte mit einem zuckersüßen Lächeln auf den Lippen: „Vielleicht ist es an der Zeit, dass du deinem Dad auch eine neue Chance gibst."

Dominik seufzte und zitterte. Dabei konnte er nicht einmal sagen, ob es daran lag, dass er fast komplett durchnässt war, oder daran, dass ihm noch der Schreck in den Knochen saß.

„Hier, nimm meine Jacke!", bot Sarah an und legte ihm ihre Jacke um die Schultern.

„Was ist das eigentlich für ein Häuschen hier? Sarah, kennst du dich damit aus?", erkundigte sich Samuel bei ihr.

„Wenn ich nicht irre, ist das ein Schleusenwärterhäuschen. So etwas wie ein Bahnwärterhäuschen bei der Eisenbahn. Nur eben für die Schleuse hier."

Samuel setzte sich zu Dom. „Konntest du etwas Nützliches entdecken, bevor das Tor zerbrach?"

Dominik kratzte sich am Kopf. „Lass mich mal überlegen. Da war so eine Gravur, ähnlich einer Skyline. Weiß aber nicht, was die bedeuten soll."

„Was noch?"

„Das Tor war ringsherum mit allerlei Verzierungen versehen."

„Ungewöhnlich. Sonst nichts?" Samuel schien ein wenig enttäuscht zu sein.

„Uff ... nein, glaube nicht. Moment, doch. Einer der Männer stand doch so lange vor dem Tor und schien es zu betrachten. Aus der Nähe konnte ich das Relief eines prachtvollen Hauses entdecken."

Paul stand auf und lief um das Häuschen herum. An der Vorderseite blieb er stehen und betrachtete den kunstvoll gearbeiteten Eingangsbereich. Obwohl das Gebäude ziemlich klein war, trumpfte es zweifellos mit seiner architektonischen Pracht an der Vorderseite auf. „Etwa dieses Haus hier? Schaut mal! Da steht ein Spruch über der Tür: *Der Mensch sieht auf das, was vor Augen ist*", las Paul vor.

„Schon wieder ein Rätsel?", grunzte Dominik.

Samuel drückte die Türklinke runter. „Schade, ist verschlossen." Er lugte durch das kleine Türfenster. „Sieht aber auch ziemlich leer aus. Ich bezweifle, dass wir hier etwas finden werden."

„Aber die Hinweise führten uns genau hierher." Dann murmelte er: „Der Mensch sieht auf das, was vor Augen ist."

„Warte mal. Das hab ich doch erst kürzlich gelesen", sagte Dominik. „Als wir oben in den Bergen waren, bei dem Keksopa. Der hatte da so eine Postkarte am Fenster klemmen. Ich glaube, da stand derselbe Spruch drauf. Aber der ging noch weiter.

Der Mensch sieht auf das, was vor Augen ist ... aber der Herr sieht auf das Herz. Oder so ähnlich."

„Ha! Das ist die Idee!" Paul klatschte in die Hände und verschwand hinter dem Häuschen. Die anderen ließen nicht lange auf sich warten. „Mir ist das anfangs nicht aufgefallen, aber jetzt ergibt es einen Sinn. Dieses kleine Häuschen hat doch eine ziemlich aufwendig verzierte Fassade an der Vorderseite. Das ist quasi das, was man sofort sieht, was man vor Augen hat. Aber genau darauf soll man ja nicht sehen. Jetzt schaut euch mal die drei Formen hier an der Rückseite des Hauses an! Ein Kreis, ein Quadrat und ein Herz. Ich wette, das Herz ist die Auflösung des Spruchs über dem Eingang."

Dominik untersuchte die Mauer aus der Nähe. An der Stelle des Herzens klopfte er die Steine ab.

„Wow, woher kennst du denn diese Methode?", fragte Samuel erstaunt.

„Hehe, ich habe zugeschaut und gelernt." Dann nahm er sein Taschenmesser und begann, die Fugen des Mauerwerks auszukratzen. „So, das müsste reichen." Er steckte sein Messer wieder ein und rüttelte an dem freigelegten Ziegelstein, dann zog er ihn vorsichtig heraus.

„Alter Falter!", rief Samuel erstaunt aus. „Du hast tatsächlich etwas gefunden."

„Und es sieht alt aus", ergänzte Sarah.

Paul überlegte laut: „Ist das ein Schlüssel?"

Dominik nahm ihn heraus. „Falls ja, müssen wir nur noch herausfinden, wo der reinpasst."

Das Schulprojekt

Kapitel 9

Der nächste Schultag begann wie üblich ziemlich durcheinander. Doch das änderte sich schlagartig, als der Schofar ertönte. Wie schon bei seiner Einführung blies der neue Klassenlehrer auf diesem eigentümlichen Instrument, und alle wurden still.

„Vielen Dank für eure Aufmerksamkeit." Allmählich setzten sich die Schüler auf ihre Plätze. Erst als es ganz still war, begann Herr Prankowski: „Letzten Freitagabend wurde eine Versammlung der Lehrer einberufen, um über die schwierige Situation in unserer Klasse zu beraten. Ich will ganz ehrlich sein. Viele meiner Kollegen hegen kaum noch Hoffnung auf Besserung. Den meisten erscheint es sinnlos, mit euch arbeiten zu wollen. Und ich muss gestehen, nach meiner ersten Woche bei euch kann ich ihre Gefühlslage verstehen."

Langsam schritt er durch die Reihen, während er den Beamer aktivierte. „Meine Kollegen halten mich für einen Träumer, weil ich glaube, dass großes Potenzial in euch steckt. In den letzten Tagen konnte ich euch ein wenig kennenlernen, auch wenn ich sicher nur an der Oberfläche gekratzt habe. Deshalb will ich euch eine neue Chance geben." Er drückte auf die Fernbedienung des Beamers, und langsam erschien ein animierter Schriftzug an der Wand.

„Hope for Life!"

Getuschel in der Klasse.

„Was ist für euch das Wichtigste im Leben?", fragte er in die Runde.

Zunächst einmal schwiegen alle. Es dauerte eine Weile, aber dann meldete sich der Klassenclown zu Wort.

„Spaß natürlich. Ich finde, dass die meisten Leute immer alles viel zu ernst nehmen."

„Danke. Weitere?"

Ein Mädchen aus der vorderen Reihe fuhr sich genüsslich durch ihre langen Haare und sagte: „Gesundheit und Schönheit."

Jemand rief rein: „Und vergiss den Lippenstift nicht!" Die halbe Klasse brach in lautes Gelächter aus. Das betreffende Mädchen wurde rot und schien am liebsten im Erdboden versinken zu wollen.

„Was noch?"

„Freizeit und Sport", meldete sich Dominik.

Sarah fügte an: „Und Kunst natürlich. Was wäre unser Leben ohne Musik, Malerei, Bildhauerei ...?"

„Sehr schön. Was ist euch noch wichtig?"

„Gute Noten."

„Reichtum."

„Mein Fahrrad."

Irgendwann gingen ihnen die Ideen aus. Ihr Lehrer wartete noch einen Moment und schaltete zur nächsten Folie weiter. „Was haltet ihr von *Perspektive*?"

Der Beamer zeigte das Bild eines Kindes, das ein Bein verloren hatte. Dann sahen sie zwei Kinder, deren Haut teilweise verbrannt war, und ein drittes, dessen Augen zugeklebt worden waren.

„Es gibt Menschen, denen etwas Schreckliches zugestoßen ist, die einen Unfall hatten oder einfach nur zur falschen Zeit am falschen Ort waren. Diese Kinder hätten allen Grund, zu murren, zu meckern und aufzugeben. Aber wisst ihr was? Die meisten von ihnen sind dankbar, dass sie noch leben, dass sie davongekommen sind."

Langsam, aber sicher entstand Unruhe im Klassenraum. Das waren Bilder, die keiner sehen wollte.

„Pfff, was kümmert uns das?", brummte Karl.

Ein Mädchen hinter ihm stand auf und schlug ihm mit dem Hefter auf den Kopf. „Spinnst du? Was, wenn du mal einen Unfall hast? Sollen dann die Leute vorübergehen und sagen: Was kümmert uns das?"

„Vielleicht ist euch das gerade nicht bewusst", fuhr Herr Prankowski fort. „Aber diese Bilder stammen gewissermaßen aus eurem Leben – aus Villstein."

„Waaas?" Das Getuschel wurde lauter. Einige der Schüler waren verwundert, manche sogar entsetzt.

„Ich spreche von der Rehaklinik oben am Waldrand. Selbst wenn ihr noch nicht dort wart, gesehen habt ihr sie bestimmt schon oft."

Ein Junge aus der hinteren Reihe warf halblaut ein: „Ich war schon dort, mehrmals. Wegen meiner Oma. Die Leute dort sahen immer alle total traurig aus. Fast so, als wäre ihr Leben schon vorbei."

Herr Prankowski nickte. „Damit sprichst du den Kern der Sache an. Ihnen mangelt es an einer Perspektive für ihr Leben. Viele von ihnen glauben, dass sie jetzt zu nichts mehr taugen, dass sie nutzlos sind. Nun stellt euch einmal vor, wie es euch gehen würde ..."

Betroffenes Schweigen.

„In der Rehaklinik gibt es eine Kinderstation, auf der im Moment mehr als ein Dutzend Kinder und Teenager behandelt werden. Jeder von ihnen verdient es, gesehen zu werden, gehört zu werden, aufgemuntert zu werden."

Während einige in der Klasse bereits ahnten, was ihnen gleich blühen sollte, waren andere nachdenklich und still geworden.

„Die Kinderstation veranstaltet jedes Jahr eine besondere Aktion – *Hope for Life.*"

„Davon hab ich mal auf einem Plakat was gelesen", meinte eine der Schülerinnen. „Wenn ich mich richtig erinnere, ging es darum, den Kids was Gutes zu tun oder so."

Herr Prankowski nickte.

„Ganz genau. Für dieses Jahr habe ich unsere Klasse verbindlich angemeldet!“, verkündete der Klassenlehrer.

„Sie haben WAS?“ Karl sprang auf und ging einige Schritte auf den Lehrer zu. Völlig entsetzt platzte es aus ihm heraus: „Sie hätten uns vorher fragen müssen!“

Bedacht, mit festem Schritt ging Herr Prankowski ihm entgegen und blieb abrupt vor ihm stehen. Dann beugte er seinen Kopf ganz nah an Karls heran und sprach leise, aber bestimmt: „Ich muss gar nichts, mein Freund. Setz dich!“

Wie betäubt stolperte Karl zurück zu seinem Platz und ließ sich auf den Stuhl fallen.

„Aber warum nicht? Machen wir eine Umfrage. Wer findet die Idee gut, diesen Kids, die nicht mehr ein noch aus wissen, zu helfen?“

Dominik sprang auf: „Bin dafür!“

„Wer kann nicht einfach zusehen, wenn sie leiden und nur noch ihren Schmerz sehen?“

„Ich mach mit!“, rief Sarah, und drei ihrer Freundinnen meldeten sich ebenfalls.

„Wer glaubt, dass es keine Option ist, aufzugeben, dass man kämpfen muss, um im Leben voranzukommen, egal, wie mies es aussieht?“

Nun stand auch Paul auf. Als sich Karls Sitznachbar erheben wollte, versuchte Karl ihn daran zu hindern. Erfolglos.

„Wer möchte einmal im Leben etwas Großes bewirken, indem er denen Mut macht, die es selbst nicht mehr können?“

Nacheinander erhoben sich fast alle Schüler der Klasse. Als Herr Prankowski wieder nach vorn ging, musste er sich schnell eine Träne abwischen. „In Ordnung. In den kommenden Tagen gilt für euch verkürzter Unterricht, und nächsten Freitag seid ihr freigestellt. Denn euch erwartet eine Menge Arbeit. Ich erkläre euch jetzt ein paar organisatorische Dinge, und nach der Pause bilden wir sechs Teams. Eins noch: Macht euch bitte den Ernst der Lage bewusst. Das ist kein Spiel!“

Da sich die Teams weitgehend selbst finden konnten, bildeten Dominik, Sarah und Paul ein Team. Allerdings fehlte ihnen noch das vierte Mitglied. Wie sich herausstellte, wollte niemand Karl in seiner Gruppe haben, weshalb er Dominiks Team zugeteilt wurde.

„Na, das kann ja heiter werden", grummelte er, als er sah, wie Karl angeschlurft kam.

„Ruhe, bitte, Ruhe!", rief Herr Prankowski. „So, wunderbar, ihr habt euch alle gefunden. Sehr schön. Ihr könnt euch sicher vorstellen, dass sich die Kids in der Reha völlig neuen Herausforderungen stellen müssen. Dasselbe werden wir jetzt auch tun. In den vergangenen Tagen habe ich mich mehrmals mit der Stationsleitung unterhalten. Gemeinsam haben wir verschiedene Aktionen erarbeitet. Jedes Team erhält eine spezielle Aufgabe."

Die Spannung stieg. Herr Prankowski holte eine Blechdose hervor und öffnete den Deckel. „In dieser Dose befinden sich exakt sechs Briefe – für jedes Team einer. Bitte wählt einen Verantwortlichen je Team aus, der anschließend zu mir kommt und seine Aufgabe abholt. Wer welche Aufgabe erhält, entscheidet der Zufall. Die Briefe sehen alle gleich aus."

Der anschwellende Geräuschpegel zeugte von lebhaften Diskussionen, wer in den Teams nun jeweils der Chef sein sollte. Auch das Team, in dem Dominik war, blieb nicht davon verschont.

Karl holte tief Luft und plusterte sich auf. „Sooo, es ist ja wohl klar, wer bei uns der Chef ist!"

Sarah musste laut loslachen. „Pass auf, sonst platzt du noch."

„Soll ich 'ne Nadel holen und reinpiksen?", witzelte Dominik.

„Hä? Soll ich euch eine ..."

Schnell schritt Paul ein. „Hey, stopp! Das führt doch zu nichts. Überlegen wir erst einmal, was der Chef alles machen muss."

„Pfffff." Karl stieß die Luft wieder aus und verschränkte die Arme. „Na, er muss vor allem Stolz und Stärke zeigen."

Sarah zog eine Augenbraue hoch. „Ach, und wie stellst du das an? Stolzierst du mit geschwollener Brust vor uns her?"

„Sehr witzig. Ich kann euch zum Beispiel verteidigen."

Dominik schüttelte den Kopf. „Gegen wen denn? Vielleicht gegen wild gewordene Patienten? Du hast Ideen."

Paul dachte nach und sagte: „Auf jeden Fall muss einer den Überblick behalten, alles organisieren. Wir müssen Kontakt mit den Leuten aus der Klink aufnehmen und sollten uns dort mal umsehen, sonst wissen wir ja gar nicht, was wir zu beachten haben. Wichtige Details müssen aufgeschrieben werden. Der Zeitplan ist einzuhalten und ..."

„Ja ja, hab's ja schon kapiert", fiel Karl ihm ins Wort. „Du redest nur so schlau daher, weil du den Anführer machen willst."

„Nee, du. Muss ich nicht. Wenn du glaubst, dass du das alles gut organisieren kannst!?"

Gleichzeitig schnellten Dominiks und Sarahs Hände hoch. „Wir sind für Paul."

Karl grunzte. „Pah, war ja klar."

Sarah seufzte. „Mal im Ernst, Karl. Paul hat bereits bewiesen, dass er wichtige Projekte managen kann. Er schafft das."

„Sicher."

„Los, Paul, hol unseren Umschlag."

Paul ging nach vorn. Offensichtlich waren sie die Letzten, denn die anderen waren schon fleißig mit Lesen beschäftigt.

Mit einem freundlichen Lächeln reichte Herr Prankowski Paul den letzten Briefumschlag. „Viel Spaß!"

„Danke."

Mit Spannung wurde Paul zurückerwartet.

„Jetzt mach schon auf! Ich platze bald vor Neugier." Dominik zappelte auf seinem Stuhl herum, als müsste er mal.

Paul las vor: *„Liebes Hope-for-Life-Team. Wir freuen uns, dass Ihr in diesem Jahr ein Stück Himmel auf die Erde bringen und den Kids und Teens unserer Rehastation etwas Gutes tun wollt.*

Für Euer Team haben wir uns eine besondere Aufgabe ausgedacht: eine Theateraufführung."

„Ach, na, das ist ja nicht schwer", winkte Karl ab.

„Sekunde mal, ich war noch nicht fertig. *Das Besondere daran sind eure Partner – drei Patienten. Das heißt, ihr arbeitet mit ihnen zusammen, ihr trainiert sie und übt das Stück mit ihnen gemeinsam ein."*

„What? Soll das'n Scherz sein?", platzte es schon wieder aus Karl heraus.

Doch diesmal war es auch Paul zu viel. „Sag mal, kannst du endlich mal die Klappe halten? Immer dieses Gemotze. Das nervt, Mann!"

„Also, ich finde diese Idee voll cool", meinte Sarah.

Dominik nickte und erklärte: „Mit etwas Glück können wir die Kids dazu ermutigen, sich richtig ranzuhalten, um wieder gesund zu werden."

Gerade kam der Klassenlehrer vorbei und schnappte Dominiks Spruch auf. „Das ist eine super Idee. Aber erwartet bitte nicht zu viel. Manchmal kann das klappen, muss aber nicht. Okay?"

„So, Leute", rief er laut in die Klasse hinein. „Wir haben jetzt noch zwei Stunden Unterrichtszeit. Wir werden diese Zeit nutzen, um uns bereits einen ersten Eindruck von der Rehaklinik zu machen. Das heißt, wir besuchen die Klinik jetzt. Wir werden bereits erwartet. Eure Sachen könnt ihr liegen lassen, wir kehren hierher zurück. Los geht's!"

Munter diskutierend marschierte die Klasse zur Klinik, den Berghang hinauf. Schon aus der Ferne konnte man die weiß leuchtenden Hauswände unter dem roten Dach erkennen. Unterwegs wurden sie von einem Krankenwagen überholt, der zur Klinik fuhr.

Oben angekommen betraten die Schüler das Gebäude. Alle, bis auf Karl. Er blieb draußen stehen. Als Dominik, Paul und Sarah es bemerkten, kehrten sie zu ihm zurück.

„Hey, was ist denn los? Warum kommst du nicht mit rein?"
„Ich komm nicht mit."
„Was redest du da?"
„Ich ... ich kann nicht."
Dominik runzelte die Stirn. „Hm? Würdest du uns das bitte mal erklären?"
„Pffff, ich kann halt Krankenhäuser einfach nicht ab."
Paul versuchte, ihn umzustimmen. „Das ist eigentlich kein Krankenhaus, es ist eine Rehaklinik."
„Das ist doch quasi dasselbe. Ich will da nicht rein, basta!"
Sarah sah Karl in die Augen. „Du, sag mal, hast du Angst?"
„Was? Ich? Angst?"
Seine drei Teamkollegen schauten ihn erwartungsvoll an.
„Niemals!" Schnell ergriff er den Türknauf und hielt inne. „Uhh ... na, vielleicht doch ... oder so."
Dominik wollte gerade etwas Freches sagen, doch Paul machte eine Handbewegung, und er verstummte sofort. „Karl, Angst zu haben ist nichts Schlimmes. Wir alle kennen das."
Karl blickte Paul mit großen Augen an. Paul schien das ernst zu meinen. Er machte sich nicht lustig über ihn. Vielleicht war es doch keine ganz schlechte Idee gewesen, ihn zum Teamchef zu ernennen.
„Es ist nur die Frage, wie wir damit umgehen."
Dominik schaute durch die Glasscheibe und beobachtete, wie sich einige der Patienten mühsam fortbewegten. „Schau sie dir an. Sie sind echt mies dran. Aber sie geben nicht auf. Sie stehen jeden Tag auf und versuchen, gegen ihre Angst anzukämpfen."
„Welche Angst denn?", fragte Karl und ließ die Tür los.
„Die Angst zu versagen. Einige von ihnen müssen zum Beispiel wieder neu laufen lernen. Glaubst du, das geht gleich beim ersten Mal? Nein. Das braucht einen starken Willen und viel Überwindung."
Sarah schaute Dominik nachdenklich an. „Das klingt so, als hättest du Erfahrung damit, Dom."

Er sagte nichts, sondern öffnete die Tür, ging einen Schritt hinein und wartete ab. „Kommt ihr jetzt?“

Paul und Sarah folgten ihm. Zögernd betrat Karl die Rehaklinik. Drinnen wurden sie bereits von einer freundlichen Krankenschwester erwartet. „Hallöchen! Ihr müsst das Theater-Team sein, richtig?“

Paul wollte besonders höflich sein. „Einen schönen guten Tag, Frau ...“

„Ach, nennt mich einfach Schwester Mary, okay? Ich schlage vor, dass wir uns duzen. Sonst komm ich mir so alt vor. Ich bin ja erst 25.“

„Super, ich bin Paul. Und das sind Sarah, Dominik und Karl. Unsere Aufgabe besteht darin, eine Theateraufführung vorzubereiten – mit einigen Patienten, wenn ich das richtig verstanden habe.“

„Ja, das stimmt. Bevor ich meine Ausbildung zur Krankenschwester begann, war ich Schauspielerin. Deshalb werde ich euch bei diesem Projekt auch begleiten. Kommt bitte einmal mit, dann stelle ich euch unseren Patienten vor. Sie freuen sich nämlich schon sehr auf euch. Geht schon mal vor in den roten Salon.“

Der Raum war schnell gefunden, das Türschild half. Sie betraten ein gemütlich eingerichtetes Zimmer, in dem sich einige Pflanzen, Regale und drei rote Sofas befanden. Auf einem der Sofas saß ein kleines Mädchen mit angezogenen Beinen. Es musste so um die sieben Jahre alt sein. Auf dem zweiten Sofa saß ein Junge, um die zwölf. Karl blieb wie angewurzelt in der Tür stehen. Dem Jungen war ein Auge zugeklebt worden, und sein rechter Arm hing in einer Trageschlaufe.

„Ähm, sorry, Mann. Wenn du ein kleines Stück ...“

Erschrocken sprang Karl zur Seite. Schwester Mary brachte gerade den dritten Patienten in den roten Salon. Der Junge humpelte mit nur einem Bein zum Sofa.

„Ich glaub, mir wird schlecht.“ Karl wurde blass.

„Setz dich erst mal hin." Dominik half ihm zum Sofa.

„Könnten wir bitte ein Glas Wasser bekommen?", bat Paul.

„Aber klar, kein Problem", antwortete der Junge mit dem zugeklebten Auge. Auf dem Tisch vor ihnen befand sich ein Tablett mit Gläsern und einer Wasserkanne. Vorsichtig nahm der Junge das Glas, stellte es vor sich ab und begann, Wasser einzuschenken. Doch beim ersten Versuch misslang es, er schüttete es direkt daneben. „Ahh, so ein Mist."

„Keine Eile, Max", beruhigte ihn Schwester Mary. „Versuch es gleich noch einmal."

Er setzte noch einmal an und traf den Rand des Glases. Von dort aus klappte es besser. „Hier, bitte."

Mit offenem Mund saß Karl da und starrte Max an. „Äh ... danke."

Dominik fühlte sich auch nicht sonderlich wohl hier. Aber er wusste, es musste sein. Außerdem würde es den Kids hier guttun.

„So, und ihr seid also die Theatergruppe, ja?", fragte der Junge, dem ein Bein fehlte. „Ich bin übrigens Holger. Und ihr?"

Dominik stellte sich und seine Kameraden vor und erklärte: „Bitte erwartet nicht zu viel von uns. Dass wir Theater machen werden, ist per Zufall entschieden worden. Ich bin bestimmt ein mieser Schauspieler."

Sarah hatte alles beobachtet und bemerkt, dass das kleine Mädchen still und bewegungslos dasaß. Sie setzte sich zu der Kleinen, lächelte sie an und fragte sie nach ihrem Namen. Doch das Mädchen schwieg.

Schwester Mary erzählte leise, damit das Mädchen sie nicht hörte: „Sie war in einen schlimmen Autounfall verwickelt. Wir wissen leider nicht, wie es passiert ist. Aber im Auto saßen noch zwei Erwachsene, vermutlich ihre Eltern. Leider liegen die beiden noch im Koma, und da das Auto total zerstört war, konnte man noch nicht herausfinden, wer sie sind oder wie sie heißen. Aber die Polizei ist wohl noch damit beschäftigt."

„Demnach steht das Mädchen noch unter Schock?", fragte Dominik besorgt und schaute sie mitleidig an.

Schwester Mary nickte und setzte sich zu ihr. „Posttraumatische Belastungsstörung nennt man das. Wir können nur erahnen, was sie erlebt hat." Zart strich sie dem Mädchen über den Kopf, ohne dass es sich regte.

„Aber dann war das ja ein richtiges Wunder, dass dem Mädchen nichts weiter passiert ist", merkte Paul an.

„Ja, das kann man wohl sagen. Mal sehen, vielleicht taut sie beim Theaterspielen ein wenig auf. Da hoffe ich jetzt einfach mal auf eure Unterstützung." Lächelnd lehnte sie sich zurück. „Wenn es euch recht ist, erzähle ich euch, was ich mir grob überlegt habe, okay?"

Alle waren einverstanden.

„Ich möchte gern, dass wir alle unsere Stärken einsetzen, um den Zuschauern zu zeigen, dass man durch Teamwork vorankommt, auch wenn man einmal hinfällt oder benachteiligt ist."

„Aufgeben ist keine Option", fügte Dominik an.

„Ganz genau. Wenn die Kids und Teenager zu uns kommen, sind sie oft mutlos und wissen nichts mit sich anzufangen."

„Vor allem ist es echt blöd, wenn man nichts mehr richtig anvisieren kann", sagte Max und kratzte sich am Auge.

„Nicht kratzen, Max", ermahnte ihn Schwester Mary. „Solange dein Auge noch zugeklebt ist, darfst du nicht draufdrücken oder es belasten. Die Heilung braucht eine Weile."

Sie schaute die vier Besucher der Reihe nach an und fragte: „Welche Stärken habt ihr? Womit könntet ihr den anderen Mut machen?"

Dominiks Antwort kam wie aus der Pistole geschossen: „Also, Karl hat zweifellos die größte Kla... ich meine, Kraft. Also, er ist recht stark." Noch im letzten Moment hatte er sich auf die Zunge gebissen und vermieden, etwas Negatives über ihn auszuplaudern.

„Und du selbst?"

„Nun ja, ich bin ziemlich sportlich. Egal was, ob Radfahren, Laufen, Klettern. Bis auf Schwimmen."

„Ich mag Kunst, lese gern und viel", erzählte Sarah.

„Tja, mein Talent liegt wohl darin, verrückte Pläne auszuhecken", fügte Paul grinsend hinzu.

„Aha, ein Egon Olsen also", schmunzelte Schwester Mary.

„Egon Wer?"

Schwester Mary lachte: „Okay, das war noch vor deiner Zeit. Na, schön. Damit seid ihr ja eine bunte Truppe. Ich hab mir das so gedacht ..."

In den nächsten Minuten erzählte sie den Kindern ihre Idee von einer teilweise improvisierten Aufführung, die aus einer kleinen Lesung, einem Musikstück und einer Pantomime bestehen sollte. Anschließend beratschlagten sie, wer welche Aufgabe übernehmen würde. Sarah meldete sich gleich fürs Vorlesen, und auch für die Pantomime und die musikalische Untermalung war schnell jemand gefunden.

Der steigende Lärmpegel im Flur ließ erahnen, dass sich die Schüler wieder im Foyer sammelten. Sie verabschiedeten sich und schlossen sich wieder ihrer Klasse an.

Auf dem ganzen Rückweg sagte Karl kein einziges Wort mehr.

Als Dominik nach der Schule wieder zu Hause ankam, wunderte er sich, weil niemand da war. Er entdeckte einen Zettel auf dem Küchentisch.

„Lieber Dominik, wir sind ins Krankenhaus gefahren. Dein Vater ist zusammengebrochen. HDL Mama."

Dominik schnürte es die Brust ab. Er schnappte nach Luft und hielt sich am Tisch fest. War das jetzt das Ende? Noch bevor es losging? Er konnte nichts mehr fühlen, nichts mehr denken. Alles war wie betäubt. Plötzlich klingelte das Telefon und riss ihn aus seinen Gedanken.

„Ja?", meldete er sich mit zittriger Stimme.

„Ja? Seit wann meldest du dich denn so komisch? Dom, ich bin's, Sarah. Ich wollte eigentlich nur wissen, ob du heute Nachmittag ein wenig Zeit hast, damit wir ..."

„Nein. Mein ... Vater ist im Krankenhaus."

„Oh, das ist aber schlimm. Was ist denn passiert?"

„Keine Ahnung."

„Fährst du hin?"

„Weiß nicht."

„Ich könnte mitkommen", bot Sarah an.

„Ach, Mensch ..."

„Okay, bin gleich da." Ohne Dominiks Antwort abzuwarten, legte sie auf.

Wie versteinert hielt er den Hörer noch immer in der Hand. Was passierte da nur um ihn herum? Wieso musste immer alles so ... dumm laufen?

„Nein!", rief er laut aus und legte den Hörer auf. „Das stimmt nicht! Nicht alles läuft schlecht. Aus irgendeinem Grund hat Gott mich dreimal gerettet." Jetzt sprach er schon mit sich selbst. Dominik schüttelte sich, als wollte er die Anspannung abwerfen. Er verließ das Haus und holte sein Fahrrad. Kurze Zeit später bog auch schon Sarah in die Straße ein. Gemeinsam radelten sie zum Krankenhaus am See.

Dominik erkundigte sich nach der Zimmernummer. Je näher er kam, desto langsamer lief er. Vor der Tür blieb er stehen. Etwas schien ihn festzuhalten.

Doch Sarah öffnete einfach die Tür und zog ihn mit hinein. „Hallo, Frau Peters. Hi, Mädels."

„Dominik!" Seine Mutter stand auf und umarmte ihren Sohn. „Schön, dass du hier bist." Sie hatte eindeutig geweint.

„Was ist passiert?", fragte Dominik mit monotoner Stimme.

„Tja, weißt du, nachdem dein Vater unsere Einladung gewissermaßen ausgeschlagen, aber die besondere Blume hinterlassen hatte, habe ich viel nachgedacht. Um es kurz zu machen, ich habe ihn heute angerufen, und wir haben uns auf dem

Marktplatz verabredet, um zu reden. Als wir ein wenig spazieren gingen, bekam er plötzlich Krämpfe und brach zusammen. Ich hab sofort den Notarzt gerufen. Er liegt seitdem im Koma."

Erst jetzt bemerkte Dominik, dass seine Schwestern mit verheulten Augen hinten am Tisch saßen. Sarah hatte sich zu ihnen gesellt und tröstete sie. Während seine Mutter erzählte, betrachtete er seinen Vater, wie er im Bett lag und friedlich zu schlafen schien.

„Der Arzt hat mir mitgeteilt, was Jonas' wahres Problem ist. Er hat Krebs im Endstadium. Wir wissen nicht einmal, ob er wieder aufwacht."

Dominik riss die Augen auf. Wie vom Blitz getroffen rannte er aus dem Zimmer.

„Dom ...", rief seine Mutter ihm hinterher. Aber er war schon um die Ecke verschwunden.

Wie ein Wahnsinniger jagte Dominik durch das Treppenhaus, schnappte sich sein Fahrrad und raste davon.

Nach einer irrwitzigen Fahrt durch den Wald erreichte er sein Ziel, knallte sein Fahrrad achtlos an den Rand und versteckte sich.

Dominiks Mutter hatte seinen letzten nächtlichen Ausflug noch im Hinterkopf und begann gleich wieder, sich Sorgen zu machen. Diesmal nahm Sarah die Suche in die Hand, denn sie hatte bereits eine Vermutung, wo sie ihren Freund suchen musste. Sie trommelte Paul und Samuel zusammen. Gemeinsam fuhren sie los und erreichten wenig später ihr Ziel.

Zum Glück hatte Samuel inzwischen einen bequemen Weg zu dem Ort finden können, wo sie ihren Freund vermuteten.

„Du meinst, hierhin hat er sich verkrümelt?", fragte er ungläubig.

Sarah nickte. „Ich denke, schon. Erinnerst du dich, wie begeistert er davon war, die alte Lokomotive zu unserem Hauptquartier zu machen?"

„Dom, bist du da?“, rief Paul und kletterte ins Führerhaus der Dampflok. Ganz hinten, im Schlepptender, entdeckte er ihn.

Er hatte sich an die Stahlwand angelehnt und die Beine ausgestreckt. „Was wollt ihr hier?“, blaffte er genervt.

„Wir sind deine Freunde. Schon vergessen?“, knurrte Samuel.

Sarah setzte sich neben ihn, nahm seine Hand und fragte leise: „Hey, Dom. Was ist los? Warum bist du aus dem Krankenhaus abgehauen?“

Dominik brach in Tränen aus und weinte bitterlich. Jetzt schien all das angestaute Gefühlschaos der letzten Jahre auf einmal aus ihm herauszubrechen. „Ich ... ich ...“ Er schniefte. „Es ist einfach unfair! Jahrelang zerbreche ich mir den Kopf darüber, wie es wäre, wenn ich meinen Vater einmal zu Gesicht bekäme. Dann lerne ich ihn endlich kennen, und alles ist anders. Ich weiß nicht, ob ich ihn mögen oder hassen soll. Und bevor ich überhaupt mit ihm reden konnte, stirbt er vielleicht.“

Sarah wischte sich eine Träne ab und nahm ihn in den Arm.

Selbst Samuel war jetzt den Tränen nah, obwohl er für gewöhnlich nicht so rührselig war. Doch das hier, das ging ihm nahe. Denn diesmal betraf es seinen Freund. Samuel und Paul setzten sich vor ihn hin.

Dann sagte Samuel: „Dom, ich weiß nicht, was ich sagen soll. Aber ich weiß, was wir tun können.“

Paul schaute Samuel an: „Beten!“

Sarah nickte. „Ja, das sollten wir tun.“

Dann sprach Samuel ein kurzes, aber ehrliches Gebet. „Herr Jesus, du kennst uns. Du hast uns und unser Leben in deiner guten Hand. Manchmal lässt du Dinge passieren, die wir nicht verstehen. Doch wir dürfen fest darauf vertrauen, dass du keine Fehler machst. Wir bitten dich für Dominiks Vater um dein Eingreifen. Heile ihn bitte. Und segne Dominik, ordne seine Gedanken und Gefühle. Lass ihn spüren, dass du da bist. Amen!“

„Amen“, antwortete Dominik mit den anderen.

Der Turm

Kapitel 10

Während der Pausen des nächsten Schultages rätselten Dominik und seine Freunde herum, wo der Schlüssel aus dem Schleusenwärterhäuschen hingehören könnte.

Ein Mitschüler sprang auf einmal von seinem Stuhl auf und rief laut: „Seid mal alle still! Hier kommt gerade eine krasse Meldung in den Lokalnachrichten."

Schon im nächsten Moment hatte sich eine Traube um ihn gebildet. Er hielt sein Smartphone vor sich hin und hatte den Ton auf laut gestellt. „... so erhielten wir kürzlich einen Hinweis auf eine dubiose Verbrecherbande, die in Villstein ihr Unwesen treibt. Ihr wird unter anderem die Zerstörung des oberen Schleusentores an der alten Floßschleuse zur Last gelegt. Sachdienliche Hinweise bitte an die örtliche Polizei melden." Sofort entstand chaotisches Getümmel in der Klasse, und der Lehrer hatte Mühe, die Schüler wieder zu beruhigen, weil die Stunde jetzt begann.

Auffällig war, dass ausgerechnet Dominik heute besonders aktiv am Unterrichtsgeschehen teilnahm. Er meldete sich so häufig, dass die anderen schon genervt reagierten. Am Ende der Unterrichtszeit bat er sogar um zusätzliche Hausaufgaben. Paul und Sarah schauten sich verwirrt an und fragten schließlich nach.

„Ach, na ja, ich hoffe, mich damit ablenken zu können. Sonst kreisen meine Gedanken doch nur ständig wieder um das eine Thema", erklärte er. Dann rief er nach seinem Projektteamkameraden. „Karl, kommst du? Wir wollen doch heute mit unseren Schauspielern aus der Rehaklinik üben."

Ohne einen Ton zu sagen, stand Karl auf, packte sein Zeug und folgte Dominik, Paul und Sarah.

Sie erreichten die Klinik, und Dominik hielt ihnen die Tür auf. Doch auf einmal blieb er wie angewurzelt stehen und traute seinen Augen nicht. „Sagt mal, ist das nicht ...?"

„Frau Goldstein Zyper-Mayer, die Archivarin aus dem Rathaus", bestätigte Sarah.

„Was macht die denn hier?"

Noch ehe sie weiter darüber nachdenken konnten, hatte die Archivarin sie bereits bemerkt und kam auf sie zu. „Ach, das ist aber schön, euch hier zu treffen. Besucht ihr einen Patienten?"

Völlig verdattert von so viel unerwarteter Freundlichkeit starrte Paul sie einfach nur an.

Dominik erklärte ihr, dass sie bei der Aktion *Hope for Life* mitmachten und ein Theaterspiel mit einigen Patienten vorbereiten wollten.

„Oh, das ist aber schön. Darüber werden sich die Kinder hier bestimmt riesig freuen."

„Entschuldigen Sie", sprach Sarah sie an, „darf ich fragen, was Sie hier machen? Haben Sie einen Verwandten, den Sie besuchen?"

Sie schüttelte den Kopf und schaute etwas mitleidig drein. „Nein, zum Glück nicht. Ich bin einmal die Woche hier und arbeite ehrenamtlich in der Kinderstation mit."

„Ach, tatsächlich?", platze Paul heraus.

Frau Goldstein Zyper-Mayer hob eine Augenbraue. „Ist das so ungewöhnlich, junger Mann?"

„Ähm, na ja ... also ..."

„Schon gut. Wisst ihr was? Ich bin gerade fertig mit meinem Dienst. Ich lade euch zu einem Stück Kuchen in die Cafeteria ein. Habt ihr Lust?"

„Aber klar, vielen Dank!", antwortete Sarah und zupfte Paul am Ärmel, um ihn aus seiner Starre zu lösen. Als das nicht half, zwickte sie ihn am Arm.

Während sie so zusammensaßen, erzählte die Archivarin den Kindern, warum sie hier arbeitete. Sie selbst war als Waisenkind in einem Kinderheim aufgewachsen. Als sie einmal nach einem Unfall in eine Rehaklinik musste, war das kein schönes Erlebnis. Deshalb wollte sie nun ein wenig helfen, damit es für die Kinder hier etwas besser würde.

Dominik schluckte. War das wirklich dieselbe Frau, die sie einige Wochen vorher kennengelernt hatten?

Als hätte sie seine Gedanken erraten, sagte sie: „Übrigens möchte ich mich noch für mein etwas ... unfreundliches Verhalten entschuldigen, als wir uns vor einigen Wochen im Rathaus kennenlernten. Ich glaube, ich hatte einen schlechten Tag."

„Pffffff." Paul stieß die Luft aus.

„Okay, jetzt will ich euch aber nicht weiter aufhalten. Sonst wird noch eine Suchmeldung nach euch ausgegeben. Ich wünsche euch viel Erfolg bei eurem Projekt. Auf Wiedersehen." Sie stand auf und verließ die Cafeteria.

„Hab ich das gerade geträumt, oder war das echt?", fragte Dominik in die Runde.

Sarah zwickte ihn ins Bein.

„Aua!"

Paul und Karl lachten. „Definitiv echt."

„Seht ihr", sagte Sarah und verschränkte die Arme, „ich hab's euch doch gesagt. Sie ist eine nette Frau. Ihr müsst ihr einfach nur mal eine Chance geben. Einen schlechten Tag hat jeder von uns mal."

Karl schaute auf die Uhr und erhob sich vom Stuhl. „Ich will bestimmt nicht drängeln. Aber wir sollten echt langsam mal unsere Kollegen abholen."

„Ach, na klar."

Schnell standen sie auf und begaben sich zur Anmeldung, um Schwester Mary rufen zu lassen. Gemeinsam besuchten sie das kleine Mädchen und die zwei Jungs und begannen erste

Vorbereitungen und Proben. Als Tochter einer Autorin lag es nahe, dass Sarah die Lesung durchführte, während sich Paul als hervorragender Planer und Regisseur herausstellte und Dominik Klavier spielte. Karl schaffte es mit seiner schroffen, aber irgendwie dennoch netten Art sogar, den einbeinigen Holger zu einigen sportlichen Kunststücken zu bringen. Es war erstaunlich zu sehen, wie Karl seinen Unmut heruntergeschluckt hatte. Dominik nahm sich vor, Karl dafür zu loben, war aber gleich wieder abgelenkt, als er beobachtete, wie geschickt sich das kleine stumme Mädchen bei der Pantomime anstellte.

Gleich nach dem Mittagessen trafen sich Dominik, Paul und Sarah mit Samuel, der inzwischen die neue Route zu ihrem künftigen Hauptquartier überprüft und noch ein wenig umgeplant hatte. Die anschließende Radfahrt war wirklich sehr viel angenehmer als bisher. Am Bahnhof angekommen erkundigten sie sich beim alten Fritz, wie sie ihn von jetzt an nannten, ob sie dort ihre Bude einrichten könnten. Der alte Mann hatte nichts dagegen. Er freute sich sogar, endlich wieder etwas Leben am Bahnhof zu haben.

Mit einem großen Satz sprang Dominik auf die Lok und kletterte erst einmal ringsherum. Als er auf der anderen Seite ankam, mussten seine Freunde auf einmal lachen, wie sie ihn so stehen sahen.

„Hey, was ist los?"

„Also, wenn ich jetzt einen Spiegel hätte, würde ich ihn dir glatt vor die Nase halten. Hast du mit der Dampflok geschmust?", lächelte Sarah.

„Ähm, wieso?"

Samuel schüttelte den Kopf. „Kumpel, du bist voll schwarz im Gesicht." Er strich mit seinem Finger über Dominiks Wange und zeigte ihm den Dreck.

„Öhm, na ja. Da hab ich wohl meine Nase zu tief reingesteckt. Hat wohl schon lange keiner mehr geputzt. Aber das ist überhaupt kein Problem. Das werden wir sicher bald nachholen." Verschmitzt grinste er seine Freunde an.

„WIR?" Samuel machte große Augen.

„Ja, na klar. Wir sind doch Freunde. Daran hast du mich erst kürzlich erinnert." Dominik lachte übers ganze Gesicht. „Und Freunde machen doch alles gemeinsam, nicht wahr?"

Sarah wischte sich gerade selbst etwas Schmutz von der Hose. „Ich fürchte, das wird eine der ersten Arbeiten. Hab mich selbst gerade dreckig gemacht."

Paul hatte sich inzwischen in den Tender begeben und überlegte bereits fieberhaft, was man alles machen könnte. Gemeinsam mit Samuel plante er den Ausbau der alten Dampflok, samt Holzverkleidung, Fenstern, Tisch und einer Couch.

„Sekunde mal, sagtest du Couch?", wandte Samuel ein.

„Jawohl. Ich finde Stühle ziemlich unbequem."

„Uff. Wo sollen wir die denn herkriegen? Und vor allem: Wer schafft sie uns hier hoch? Und wer soll das alles bezahlen?"

Sarah schaute, wie immer, recht fröhlich in die Runde und erklärte unbekümmert: „Wo ein Wille ist, ist auch ein Weg, meine Herren."

Dominik hatte sich inzwischen aufs Dach des Führerhauses gesetzt und baumelte mit den Füßen herum. „Leute, eine ganz wichtige Sache haben wir bisher gar nicht besprochen."

„Und die wäre?"

„Der Name unseres Hauptquartiers." Dominik nahm etwas Schwung und sprang herunter. „Ich meine, diese Lokomotive hat sicher eine Geschichte zu erzählen. Irgendwann werde ich sie auch noch herausfinden. Deshalb, denke ich, sind wir es ihr schuldig, sie mit einem ehrenvollen Namen zu taufen."

Samuel winkte ab. „Pah, jetzt komm mir bloß nicht mit Thomas-Lok oder sowas."

Paul staunte. Grinsend sagte er: „Wow, du kennst Thomas, die Lokomotive? Hätt nicht gedacht, dass du so was anschaust, Feuerwehrmann Sam."

Samuel bedachte Paul mit einem süß-saurem Blick. Als er merkte, wie die anderen kurz vor einem Lachanfall standen, richtete er sich auf und sagte stolz: „Das war natürlich Bildungsfernsehen in meinen jungen Jahren."

Paul prustete: „In deinen jungen Jahren? Lol."

„Ähm." Samuel räusperte sich.

„Aber mal im Ernst." Dominik versuchte es noch einmal. „Wenn wir uns unterhalten und einen Treffpunkt im Hauptquartier ausmachen wollen, ohne dass jemand anderes davon Wind bekommt, könnten wir ein Codewort verwenden."

Mit besonders tiefer Stimme schlug Sarah vor: *„Die eiserne Lady."*

„Ist damit nicht die Queen in England gemeint?", fragte Dominik.

Samuel schüttelte den Kopf. „Das war nicht die Queen, sondern die erste Premierministerin in Großbritannien. Ich glaube sie hieß Margaret Thatcher."

„Wie wär's mit *Black Beauty*?", fragte Paul.

„Also, das war definitiv ein Pferd", warf Sarah ein.

„Black Lady."

„Ob das so eine gute Idee ist – bei den heutigen Rassismusproblemen?", warnte Paul.

„Hm, wie wäre es mit der *Alten Lady*?", schlug Dominik vor. „Immerhin ist der Begriff *Lady* stets eine höfliche Anrede gewesen, und na ja, alt sie auf jeden Fall, unsere Gute."

„Klingt gut. Die *Alte Lady*." Paul nickte.

Sarah legte den Kopf zur Seite und überlegte laut: „Dann treffen wir uns künftig mit der *Alten Lady*, ja?"

„Fast genial", sagte Samuel. „Da kommt bestimmt niemand auf die Idee, dass wir uns im Hauptquartier, hier oben in einer Lokomotive, treffen. Jeder, der das hört, wird annehmen, wir treffen eine echte, alte Frau. Mensch, Dom, manchmal hast echt geniale Ideen. Okay, bin dafür."

Der Name wurde einstimmig angenommen.

Dominik hob den Zeigefinger. „Jetzt müssen wir unsere *Alte Lady* aber noch taufen. Ich nehme nicht an, dass ihr zufällig Champagner dabei habt, oder?“

„Soll das'n Witz sein?“ Manchmal war sich Samuel unsicher, ob Dominik gerade einen Scherz machte oder seine Frage ernst meinte.

„Nee, aber ich könnte 'ne Cola anbieten“, erklärte Paul und kramte in seinem Rucksack nach einer Dose. „Tadaa!“

Dominik freute sich schon. „Perfekt! Die wird mindestens genauso schön explodieren. Los, kommt mit raus!“

Die vier postierten sich in Reih und Glied vor der Lokomotive. Dominik stellte sich kerzengerade auf, holte tief Luft und setze an: „Meine sehr verehrte Dame, meine sehr verehrten Herren“, sprach er besonders laut und dramatisch gestelzt, „heute ist ein besonderer Tag. Ein Tag wie dieser kommt niemals wieder, er ...“

„Ist das dein Ernst?“, lachte Paul, und Samuel griff sich an den Kopf.

Doch Dominik ließ sich nicht beirren. „Dieser Tag wird uns stets in guter Erinnerung bleiben. Es ist der Tag der Geburt der *Alten Lady*!“

„Na, wenn das mal kein Oxymoron ist“, spöttelte Sarah.

„OxyWAS?“ Jetzt hatte Dominik doch den Faden verloren.

„Oxymoron. Wenn man in einem Satz sich widersprechende Worte verwendet, nennt man das Oxymoron. Du sprachst gerade von der Geburt der Alten Lady. Hast du schon mal gesehen, wie ein alter Mensch geboren wird? Das widerspricht sich. Daher der Begriff.“

„Meine Güte. Woher weißt du denn so was?“

„Schon vergessen? Meine Mutter ist Schriftstellerin, da krieg ich das eine oder andere mit.“

„Ah ja. So, Moment, wo war ich?“

„Du wolltest endlich die Cola dranschmeißen“, drängelte Samuel genervt.

„Ach, genau. Hiermit taufe ich dich auf den Namen *Alte Lady.*" Dominik holte aus und warf die vorher geschüttelte Coladose gegen den Dampfkessel der Lok. Beim Aufprall explodierte die Dose mit einem Knall und hinterließ sprudelndes Zuckerwasser auf der Oberfläche des Dampfrosses.

Die vier Freunde klatschten Beifall.

Sie bemerkten gar nicht, wie der alte Fritz oben aus seinem Fenster zuschaute und sich freute.

Am Himmel zogen dunkle Wolken auf, sodass sie beschlossen, für heute erst einmal zurückzufahren. Während Paul und Samuel zu Hause erwartet wurden, besuchten Dominik und Sarah noch einmal das Rathaus, denn sie wollten gern weiterrätseln. Dort trafen sie auf die Archivarin.

„Hallo, Frau Goldstein Zypern-ääh", rief Dominik, als er sie entdeckt hatte.

Schmunzelnd begrüßte sie die Kinder. „Na, ihr zwei? Wie kann ich euch helfen?"

Etwas ratlos erklärte Sarah: „Ach, wissen Sie, wir hängen gerade ein bisschen in einem Rätsel fest. Es geht um einen alten Schlüssel. Wir haben nur keine Ahnung, in welches Schloss er gehört."

„Wo habt ihr den Schlüssel denn gefunden?", fragte sie.

„Also, den haben wir ..." Plötzlich trat Dominik Sarah vors Schienbein.

„Hust, ähm, weiß ich nicht mehr so genau." Ärgerlich blickte sie Dominik an.

„Wie alt ist denn dieser Schlüssel?", fragte Frau Goldstein Zyper-Mayer.

„Das wissen wir leider nicht", antwortete Dominik. „Aber ich würde mal denken, ziemlich alt. So wie der aussieht."

Die Archivarin überlegte kurz. „Wartet mal eben. Bin gleich wieder da." Sie verschwand in einem der Nebenräume und machte sich an einem Computer zu schaffen.

„Was sollte das eben?", zischte Sarah Dominik an.

Dominik schüttelte den Kopf. „Mensch, Sarah, du kannst ihr doch nicht einfach alles erzählen. Wir wissen noch nicht, ob wir ihr überhaupt vertrauen können."

Gerade kam die Archivarin mit einem Zettel in der Hand zurück. „Hier, das sind die Besucher-Zugangsdaten zum öffentlichen Bereich unseres Stadtarchivs im Internet. Dort findet ihr die meisten alten öffentlichen Dokumente bis zurück ins 16. Jahrhundert. Frisch digitalisiert sozusagen. Dabei habt ihr uns übrigens geholfen."

Dominik seufzte. „Wie sollen wir denn da was finden?"

„Nun, zunächst einmal gibt es eine sehr komfortable Suchfunktion in diesem Portal. Beginnt mit eurer Suche in offiziellen Dokumenten, in denen es um einen Schlüssel geht. Das kann ein Stadtschlüssel sein oder im übertragenen Sinne der Schlüssel zum Verständnis eines Textes. Seid kreativ, denkt um die Ecke."

Stöhnend nahm Sarah den Zettel an sich. „Das klingt nach einer Menge langweiliger Arbeit. Was machen wir, wenn wir nix finden?"

„Ich würde euch empfehlen, auch Gedichte und Prosatexte zu durchforsten. Es war damals üblich, Erklärungen und manchmal sogar Geheimnisse in Gedichte und Geschichten zu verpacken. Der normale Leser bekam davon nichts mit. Nur Eingeweihte wussten die Rätsel zu lösen. Heute würde man es Chiffre nennen."

Sarahs Augen begannen zu leuchten. „Das klingt natürlich interessant. Vielen Dank! Los, komm schon, Dom!"

Sarah nahm Dominik mit zu sich nach Hause. „Dominik, jetzt werden wir mal unser Ass ausspielen."

„Was werden wir?"

„Na, meine Mom kennt sich doch aus – als Schriftstellerin. Sie kann uns bestimmt dabei helfen, vernünftig zu recherchieren oder sogar ein geheimnisvolles Gedicht zu finden, in dem es um einen Schlüssel geht."

Mit der Hilfe von Sarahs Mutter stießen sie nach etwa einer Stunde des Suchens auf ein Gedicht mit dem Titel *Der Wächter*. Darin ging es um einen Wächter am See, der den Zugang zu einem Geheimnis hütet. Über diese Bezeichnung war ihre Mutter bei eigenen Nachforschungen zu ihrem Buch über Villstein auch schon einmal gestolpert. Allerdings hatte sie bis heute nicht feststellen können, wer dieser Wächter sein mochte.

„Also, das Einzige, was mir zum Thema Wächter oder Aufpasser einfällt, wäre das alte Stadttor", vermutete Dominik.

Sarah nickte. „Wäre 'ne Möglichkeit. Allerdings liegt das ja nicht am See, sondern eher mitten in der Stadt. Leider habe ich aber auch keine andere Idee. Komm, wir schauen's uns gleich mal an. Schaden kann's nicht."

Mit ihren Fahrrädern waren sie schnell an Ort und Stelle und betrachteten das alte Stadttor von vorn und von hinten. Aber da war nichts Besonderes erkennbar. Als sie wieder durch die Durchfahrt liefen, schaute Dominik zufällig nach oben. „Halt! Guck mal nach oben!"

Sarah legte den Kopf in den Nacken und erblickte an der Decke ein uraltes Gemälde mit einer Inschrift. „Hm. Das ist bestimmt schon ziemlich alt. Kaum noch was zu entziffern. Irgendwie erinnert es mich an das Deckengemälde aus der alten Kanalisation. Das mit dem Rätsel der Tore, weißt du noch?"

„Ja, aber hier steht nur ein verschnörkelter Text." Dominik drehte sich ein wenig, dann konnte er es lesen. „Da steht etwas von einem *Wächter* und *von oben herab* und *See*, wenn ich das richtig erkenne."

„Uff, mehr kann ich auch nicht lesen. Dom, was hältst du davon, wenn wir zu Paul nach Hause fahren, den Schlüssel noch einmal genau unter die Lupe nehmen und gemeinsam überlegen, was es mit dem Gedicht des Wächters auf sich hat?"

„Klar, gute Idee."

„Ich, ähm ... ich würde sogar die Archivarin mit einladen."

„Meinst du, das ist 'ne gute Idee? Fragen wir erst mal die anderen."

„Ja, okay."

So radelten sie zu Paul nach Hause, während die ersten Regentropfen vom Himmel fielen. Als Sarah ihre Idee mit der Archivarin vorstellte, war Paul nicht begeistert. Doch als sie ihn an die zweiten Chancen erinnerte, war er einverstanden. Samuel sagte auch zu, wenngleich etwas widerwillig. Er mochte es eigentlich nicht, Geheimnisse zu früh auszuplaudern. Aber er wollte auch kein Spielverderber sein. Vielleicht konnte man dieser Frau ja doch vertrauen.

Wenig später trafen sich alle bei Steinbachs zu Hause.

„Und das ist also der Schlüssel, von dem ihr gesprochen habt?" Die Archivarin nahm den Schlüssel behutsam in die Hand und drehte ihn mehrmals hin und her. Sie holte eine Lupe aus ihrer Tasche und betrachtete ihn sehr genau. „Interessant. Sogar sehr intere…" Plötzlich hielt sie inne. Kaum wahrnehmbar hielt sie die Luft für einen Moment an. Dann sagte sie: „Mir fällt gerade ein, dass ich noch einen dringenden Termin habe", und legte den Schlüssel schnell wieder auf dem Tisch ab.

„Aber ..." Sarah konnte ihren Einwand gar nicht aussprechen.

„Vielen Dank für eure Einladung. Bis später." Schon war sie verschwunden.

„Merkwürdig", brummte Samuel.

Inzwischen hatte Pauls Vater den Schlüssel noch einmal zur Hand genommen und untersuchte ihn seinerseits mit der Lupe. „Aber natürlich!", murmelte er auf einmal. „Dass mir das nicht schon früher aufgefallen ist."

„Dad, hast du was entdeckt?"

„Ja, vielleicht. Könnt ihr mir bitte noch einmal das Gedicht des Wächters zeigen? Danke. Also, hier steht ... *Mit prüfendem Blick von oben herab er blicket, sind auch klein seine Augen, sie untrüglich doch schauen.* Hm ... Es war mir erst nicht aufgefallen. Aber mit der Lupe erkennt man rund um die Reide, also hier oben, rund um den Schlüsselkopf herum, mehrere kleine Einbuchtungen, das könnten symbolische Augen sein. Das ist jetzt eine Frage für die Einheimischen unter uns. Kennt ihr vielleicht ein Gebäude mit kleinen Augen – äh, ich meine, Fenstern?"

Dominik, Sarah und Samuel überlegten fieberhaft.

Pauls Vater legte den Schlüssel direkt vor Dominik ab.

Der hob ihn auf und strich mit den Fingern über das eingravierte Bildnis. „Könnte das vielleicht der alte Seeturm sein? Immerhin hat er nur wenige kleine Fenster, ganz oben."

„Das klingt nach einer guten Idee."

„Der ist mir schon mehrmals beim Bootfahren aufgefallen. Ich hab mich jedes Mal gewundert, wieso da keine richtigen Fenster eingebaut wurden."

Sarah spitzte die Lippen. „Ich glaube mich zu erinnern, dass ich mal was davon gelesen habe, dass dieser Turm schon seit Jahren verschlossen ist. In seinem Innern soll es nur eine lange Steintreppe geben, die bis ganz nach oben führt."

„Hat man denn nie versucht, ihn zu öffnen?", wunderte sich Samuel.

„Man hätte ihn gewaltsam öffnen müssen. Der Turm steht aber unter Denkmalschutz, deshalb hat man es wohl dabei belassen."

Dominik wurde schon wieder ganz zappelig. „Gehen wir jetzt, oder wie?"

Sarah schaute aus dem Fenster. „Es regnet."

„Oh menno, es ist Sommer. Außerdem wurde der Regenschirm schon erfunden."

„Na schön. Von mir aus."

Pauls Vater stand auf und zog sich eine Regenjacke über. „Ich werde euch am besten gleich fahren."

Kurz bevor sie die alte Steinbrücke erreichten, die über den Bergfluss führte, der den Villsteiner See speiste, überholte sie ein Polizeiauto. Wenig später erreichten sie einen Parkplatz.

Doch was war hier los? Mit einer Mischung aus Erstaunen und Entsetzen blickten sie aus dem Autofenster und konnten ihren Augen kaum trauen.

„Seht ihr, was ich sehe?“ Dominik schüttelte ungläubig den Kopf. „Die Polizei ist auch schon da.“

Samuel klappte die Kinnlade runter. „Ist da etwa echt einer mit 'nem Bulldozer in den Turm gefahren? Die Baustelle ist doch auf der anderen Seite des Parkplatzes. Jetzt ist der Turm kaputt und hat den Bulldozer halb unter sich begraben. Ich fass es nicht!“

„Das ist ja höchst merkwürdig“, sagte Sarah.

„Oder auch nicht“, meinte Pauls Vater dazu. „Schon beim alten Schleusentor, wo ihr einen Hinweis gefunden habt, hab ich mich gefragt, wieso jemand Interesse daran haben könnte, historisch bedeutsame Bauten zu zerstören. Jetzt wollen wir gerade den Turm auf einen weiteren Hinweis nach dem zweiten Testament untersuchen und müssen feststellen, dass uns wieder jemand zuvorgekommen ist. Das kann kein Zufall sein.“

Allmählich ließ der Regen nach, und der Himmel klarte auf.

„Schaut mal, das krasse Lichtspiel hinter den Wolken da.“ Paul zeigte in die Richtung, in der die Sonne gerade unterging und ein wunderschönes, fast dramatisches Farbenspiel erzeugte. Die dicke Wolkendecke hatte ein Loch freigegeben, und man konnte sogar ein Stück blauen Himmel sehen.

Sarah seufzte. „Fast wie ein kleiner Lichtblick, inmitten dieses Durcheinanders hier.“

Ärgerlich stapfte Dominik über den Parkplatz. „Ich hatte das ganz bestimmte Gefühl, etwas wirklich Wichtiges, etwas Bedeutsames zu finden. Und jetzt das! Das gibt's doch nicht.“ Mit dem Schlüssel in der Hand machte er sich auf den Weg zur Turmruine, dann kletterte er über einige Bruchstücke.

„Dominik, wo willst du denn hin? Das ist doch viel zu gefährlich“, warnte Pauls Vater ihn.

„Was soll denn jetzt noch passieren? Der Turm ist hinüber. Noch kaputter geht er nicht.“ Dominik schaute sich um und wartete, bis die Polizisten hinter dem Turm verschwunden waren. Dann suchte er den Boden mit den Augen ab. „Ha, hab ich dich!“, rief er gepresst. Er bückte sich und griff nach etwas. Dann zerrte er ein großes Stück Holz aus den Trümmern.

Samuel beobachtete Dominik und kratzte sich am Kopf.

„Was hat er denn jetzt schon wieder vor?“

Dominik schleppte seinen Fund zu den anderen.

„Was willst du denn damit?“, fragte Sarah irritiert.

Keuchend ließ Dominik das große Holzstück fallen. „Schau doch mal. Das ist ein Stück von der Tür des Turms.“

„Ist das etwa das Schloss?“ Sarah warf einen prüfenden Blick auf das Objekt.

Dominik holte den Schlüssel aus seiner Ledertasche und steckte ihn ins Schloss. „Ha! Er passt. Na, wenigstens wissen wir jetzt, dass wir auf der richtigen Spur sind.“

Chancen

Kapitel 11

Frustriert schlurften sie zurück zum Auto.

„Ey, Mann. Ich weiß gerade nicht, worüber ich mich mehr ärgere: über die Zerstörung des Turms oder den Umstand, dass wir jetzt in einer Sackgasse gelandet sind“, murrte Dominik.

Paul kratzte sich am Kopf. „Vor allem frage ich mich, wie es dazu kommt, dass uns ständig jemand einen Schritt voraus ist.“

„Und vor allem“, ergänzte Sarah, „wieso zerstört jemand systematisch Hinweise auf das zweite Testament? Das ist alles sehr merkwürdig.“

Samuel lehnte sich ans Auto und verschränkte die Arme. „Das kann nur eins bedeuten: Wir haben einen Verräter unter uns!“

„Bitte, WAS?“, rief Sarah entrüstet aus. „Wir sind doch keine Verräter! Wir sind Freunde!“

Samuel winkte ab. „Nicht ihr. Aber ich bin mir sicher, dass wir einen in unsere Reihen aufgenommen haben.“

„Ah, ich glaube, ich weiß, wen du meinst.“ Paul machte ein besorgtes Gesicht und schaute Sarah mitleidig an. „Eigentlich kommt nur eine Person infrage, die ...“

„Ja, ja. Hab schon kapiert“, fiel Sarah ihm ins Wort. „Ich bin dran schuld, weil ich Frau Goldstein Zyper-Mayer eingeladen habe.“ Frustriert verschränkte sie die Arme und setzte ein griesgrämiges Gesicht auf.

Pauls Vater versuchte sie ein wenig zu trösten. „Aber, Sarah, das konntest du doch nicht wissen. Ich finde es gut, dass du den Menschen erst mal vertraust. Sicher, das ist manchmal riskant. Aber dafür hat man doch Freunde. Wann immer man sich in schwierigen Situationen befindet – oder riskiert hineinzuschlittern –, können sie warnen oder helfen."

„Jedenfalls, wenn man auf sie hört", brummte Samuel. „Vielleicht habt ihr ja recht. Es tut mir leid. Okay?"

„Schon gut."

Dominik lief unruhig hin und her. „Was machen wir jetzt? Wir müssen unbedingt herausfinden, wer uns ständig einen Schritt voraus ist."

Bedächtig strich sich Samuel über den Kopf. „Ich schlage vor, wir besuchen zunächst einmal die Archivarin. Ich möchte zu gern wissen, welchen wichtigen Termin sie vorhin hatte. Es ist doch auffällig, dass sie verschwindet, kurz bevor wir einen wichtigen Hinweis finden, den sie offenbar schon entdeckt hatte. Und nicht lange danach macht jemand den Turm kaputt."

„Das riecht nach Ärger", brummte Paul. „Also, los!"

Pauls Vater fuhr alle wieder nach Hause, wo sie ihre Fahrräder bestiegen und sich auf den Weg zum Rathaus machten.

Unterwegs meldete Paul Zweifel an. „Sagt mal, haltet ihr es eigentlich für wahrscheinlich, dass wir die Archivarin jetzt noch im Rathaus antreffen? In einem Amt arbeitet doch jetzt keiner mehr."

Samuel schüttelte den Kopf. „Ich hab da so eine Ahnung. Folgt mir!" Er trat kräftiger in die Pedale. Samuel schien einen Plan zu haben. Neugierig folgten ihm die anderen. In einer Seitenstraße des Rathauses machte er halt und bedeutete den anderen, ihre Räder zu verstecken. Dann presste er den Finger auf die Lippen, damit alle still würden. Leise schlichen sie um das Haus herum zum Hinterhof.

„Na, das ist aber eine Überraschung!", flüsterte Sarah aufgeregt. Sie hatte einen schwarzen Mercedes-SUV im Hof entdeckt.

Samuel entgegnete: „Damit hätte sich mein Verdacht ein Stück weit bestätigt."

„Was macht der denn hier?" Paul kniff die Augen zusammen.

„Jetzt haben wir schon zwei Mal diese schwarzen SUVs gesehen. Und jedes Mal gab es Ärger. Dahinter kann nur die Sektion13 stecken."

Dominik zeigte nach oben. „Ich kenne einen Weg, wie wir unentdeckt ins Rathaus gelangen. Wir müssen nur dort hinauf klettern, dann über das Garagendach, auf den Fenstersims und zum letzten Fenster da. Das ist kaputt und führt in die Toilette."

Sarah stutzte. „Woher weißt du das so genau?"

„Mein Geheimnis", grinste Dominik und ging voraus. Einige Klettereinlagen später hatten sie das Toilettenfenster erreicht und stiegen ins Rathaus. Leise schlichen sie den Gang entlang.

Samuel spitzte die Ohren. „Ich höre Stimmen. Sie kommen von weiter unten. Mir nach!"

Auf Zehenspitzen tasteten sie sich Stufe für Stufe die Treppe hinab. Die Stimmen wurden immer deutlicher. Durch die offene Tür konnten die vier Freunde sogar zuhören.

„Meine liebe Frau Goldstein Zyper-Mayer, glauben Sie ja nicht, dass Sie eine Sonderstellung in unserer Organisation einnehmen, nur weil Sie Vorfahren aus Zypern haben, die einst dem Orden vorstanden", sprach ein Mann mit tiefer Stimme.

„WAS?", rief Dominik unwillkürlich aus. Schnell drückte Samuel ihm die Hand auf den Mund. „Sei still!", zischte er.

„Sir Walter Crowley wird nicht sehr erfreut sein, wenn er erfährt, was Sie hier tun", antwortete eine Frauenstimme, die Dominik und seine Freunde als die der Archivarin erkannten.

„Pah. Was tun wir denn?"

„Sie zerstören Beweise und historische Hinterlassenschaften. Ich kann mir nur schwer vorstellen, dass dies im Sinne Crowleys ist", sagte die Archivarin trotzig.

Gedehnt und mit ärgerlichem Unterton entgegnete der Mann: „Das ist mir absolut egal. Wir haben den Auftrag, alle Hinweise auf die Legende der sieben Testamente zu vernichten, damit nicht noch einmal so eine Panne wie beim letzten Mal passiert."

„Was schauen Sie mich so an?“, beschwerte sich die Archivarin. „Das hat Ihr Kollege verpatzt. Er sollte das Buch der Wahrheit sicherstellen. Was kann ich dafür, dass er sich von ein paar Kindern an der Nase herumführen lässt?“

„Grmpf.“ Der Mann schien zunehmend wütend zu werden. „Das wird diesmal kein Problem werden. Glauben Sie mir!“

Etwas verunsichert fragte sie nach: „Wie ... meinen Sie das?“

„Ganz einfach. Diesmal hab ich es selbst in die Hand genommen. Diese Kids sind so mit sich selbst beschäftigt, dass sie gar nicht bemerkt haben, wie ich sie die ganze Zeit beobachtet habe. In der alten Kanalisation konnte ich sie erfolgreich in die falsche Richtung lotsen.“

„Aber mussten Sie deshalb gleich die halbe Schleuse und sogar den alten Seeturm zerstören? Das war ein wichtiges Wahrzeichen Villsteins.“

„Na, und? Wen kümmert's? Auftrag ausgeführt, sag ich da nur. Sie geben uns einen Hinweis. Wir erledigen den Rest. Das ist der Deal.“

„Aber ...“ Irgendetwas wollte die Archivarin noch sagen, als der Mann ihr das Wort abschnitt.

„An Ihrer Stelle würde ich einen Gang runterschalten, oder haben Sie etwa vergessen, wem Ihre Loyalität gehört? Unsere Arbeit hier in Villstein ist in Kürze abgeschlossen. Die letzten Hinweise sehen vielversprechend aus. Wenn das erledigt ist, sollten Sie sich vom Acker machen. Ich werde jetzt gehen. Und Sie, Sie sind schön brav. Verstanden?“

„Los, schnell weg hier, die Treppe rauf!“, zischte Samuel.

Beim hektischen Hinaufschleichen rutschte Paul von einer Stufe ab und tat sich weh. „Autsch!“, zischte er und hielt die Luft an.

Die anderen waren schon oben und winkten ihn herbei. Schnell huschte er hinterher, als er Schritte vernahm.

„Hallo? Ist da jemand?“, rief der Mann ins Treppenhaus. Er stieg einige Stufen nach oben.

Samuel, Dominik, Sarah und Paul hatten sich an die Wand gepresst und hielten die Luft an. Sie bewegten sich keinen Millimeter.

„Hm, hab mich wohl verhört", murmelte der Mann und ging nach unten.

Aus dem Toilettenfenster, das ihr Einstieg gewesen war, beobachteten sie, wie ein schwarz gekleideter Mann mit weißen Haaren in seinen schwarzen Mercedes stieg und davonfuhr.

„Nichts wie weg hier!", drängte Sarah.

Samuel schüttelte den Kopf. „Nicht so schnell. Wir brauchen etwas Handfestes. Wir müssen das Büro der Archivarin nach Hinweisen durchsuchen, die beweisen, dass sie hinter der ganzen Sache steckt oder zumindest darin verwickelt ist."

„Ich schlage vor, dass wir uns auf die Lauer legen", überlegte Paul. „Sobald sie das Haus verlässt, treten wir in Aktion."

„Na, das kann aber dauern", gab Sarah zu bedenken.

„Glaub ich eigentlich nicht. Schau mal auf die Uhr, es ist fast sechs. Ewig wird sie auch nicht hier abhängen wollen."

Und tatsächlich: Es dauerte gar nicht lange, da hörten sie, wie die Bürotür geschlossen wurde. Dann beobachteten sie, wie Frau Goldstein Zyper-Mayer das Rathaus verließ.

„Los geht's!", rief Samuel und führte die Gruppe eine Etage tiefer zu den Büros.

„Und wie willst du jetzt da reinkommen?", fragte Dominik. „Die Türen sind doch bestimmt abgeschlossen."

Samuel zuckte mit den Schultern. „Vielleicht haben wir Glück." Er drückte die Türklinke hinunter. Voilà. Die Tür war unverschlossen.

„Wow, das hätt ich jetzt nicht gedacht", sagte Sarah.

Paul merkte an: „Das kann aber auch bedeuten, dass sie nur mal kurz weg ist und gleich wiederkommt. Wir sollten schnell machen."

„Also schön. Sucht nach allem, was irgendwie verdächtig aussieht. Nach alten Dokumenten oder Kopien, die mit dem

Orden der Archivare zusammenhängen könnten, oder wenn ihr etwas über die Legende der Testamente findet, noch besser."

So suchten und durchwühlten sie in den nächsten Minuten das ganze Büro und bemühten sich, nicht allzu viel Unordnung dabei zu verursachen.

„Na, was ist denn das?", rief Dominik auf einmal erstaunt aus. „Paul, kommst du mal?"

„Was hast du entdeckt?", fragte Paul und schaute sich Dominiks Fund näher an. „Das ist ja interessant. Hier geht es um ein verschollenes Pergament, eine Schriftrolle, eines Archivars aus Schottland, der ..."

„Pssst! Seid mal alle still!" Sarah war zur Tür gegangen, weil sie etwas gehört hatte. Leise ging sie zum Treppenhaus und spähte hinunter. „Ach, du Schreck!" Schnell rannte sie zurück ins Büro und warnte die anderen. „Achtung! Die Archivarin kommt zurück."

„Los, versteckt euch!", befahl Samuel. Dann suchte sich jeder schnell eine Ecke und verbarg sich, so gut es ging.

Kurz darauf steckte jemand den Schlüssel ins Schloss und versuchte aufzuschließen. „Na, so was", hörten die Kinder jemanden murmeln. „Ich dachte, ich hätte abgeschlossen." Es war Frau Goldstein Zyper-Mayer, die ihren Hut vergessen hatte. Gerade als sie danach griff, fiel ihr Blick auf den Computerarbeitsplatz. Sie ging hin und runzelte die Stirn. Dann rückte sie Tastatur und Maus gerade. Schließlich sortierte sie noch einige Dokumente und Papierstapel. „Meine Güte", murmelte die Archivarin. „Dieser Kerl hat aber wirklich alles durcheinandergebracht. Dass mir das vorhin gar nicht aufgefallen war ... Ich muss wohl zu verärgert gewesen sein. Ich werde froh sein, wenn das hier alles endlich vorbei ist. So sollten die Dinge hier auf keinen Fall laufen", seufzte sie und verließ das Büro.

Kaum war sie in einem Nebenraum verschwunden, zischte Samuel: „Jetzt!"

Blitzschnell sprangen und krochen alle aus ihren Verstecken und schlichen zur Tür. Doch gerade als Dominik die Tür hinter sich schließen wollte, kam die Archivarin zurück, sah ihn und rief laut: „Hey, was machst du da?"

Dominik ließ die Tür los und rannte nach unten, den anderen hinterher.

„Stehen geblieben!", rief die aufgeregte Frau hinter ihnen her.

„Schnell, wir müssen hier weg!", rief Paul und rannte zum Haupteingang des Rathauses. Die anderen waren ihm dicht auf den Fersen.

Doch schon hatte die Archivarin die Treppe erreicht und sie entdeckt. „Was macht ihr denn hier? Bleibt sofort stehen!"

„Hier lang!", rief Samuel und sauste durch die Eingangstür.

Sarah, Paul und Dominik flitzten ihm nach.

Unterwegs japste er: „An unsere Räder kommen wir jetzt nicht ran, die müssen wir später abholen. Wir laufen über den Marktplatz, dann ein wenig zickzack. So können wir sie bestimmt abhängen."

Die Archivarin verfolgte sie noch bis zum alten Stadttor und rief ein letztes Mal: „Halt!" Dann gab sie auf und kehrte um.

Als die Jungs merkten, dass sie nicht mehr verfolgt wurden, stoppten sie hinter der Marktkirche. Samuel keuchte: „Okay, das reicht. Die sind wir erst mal los. Wir warten noch einen Moment und holen dann unsere Fahrräder."

Inzwischen war es schon ziemlich dunkel geworden. Sie liefen zum Rathaus zurück und holten ihre Fahrräder.

Dominik war unterwegs merkwürdig schweigsam. Dann schwang er sich auf sein Rad und rief seinen Freunden noch schnell über die Schulter zu: „Ich muss noch ins Krankenhaus zu meinem Dad. Wir sehen uns morgen."

Paul und Samuel schauten sich fragend an.

„Ich glaube, ich weiß, was mit ihm los ist", flüsterte Sarah und schaute ihm nach. „In den letzten Tagen hat er viel über seinen

Vater nachgedacht. Über mögliche und vertane Chancen. Da unsicher ist, ob sein Vater durchkommt, ist es bestimmt eine gute Idee, wenn er bei ihm ist, falls er aufwacht. Vielleicht gibt es eine neue Chance für die beiden."

Die Nacht hatte Dominik gemeinsam mit seiner Familie im Krankenzimmer seines Vaters verbracht, der noch immer nicht aus dem Koma erwacht war.

Am Morgen raffte Dominik sich auf, gab seiner Mutter Bescheid und ging nach draußen, um ein wenig frische Luft zu schnappen und einen klaren Kopf zu kriegen. Er schlenderte über die leere Krankenhausterrasse, lehnte sich an das Geländer und ließ seinen Blick über den Villsteiner See schweifen. Um diese morgendliche Uhrzeit war noch niemand hier, sodass er in Ruhe nachdenken konnte.

So viel war in den vergangenen Tagen geschehen. So vieles, was er gern mit seinem Vater bereden wollte. Aber würde es jemals dazu kommen? Würden er und sein Vater je eine zweite Chance erhalten? Dominik erinnerte sich, dass seine Freunde Samuel und Sarah manchmal von Gott sprachen und auch zu ihm beteten. Dann dachte er an die gemeinsamen Erlebnisse mit Paul.

„Ja, Gott, du hast schon einige Male was gemacht", flüsterte Dominik vor sich hin. „Und das, obwohl ich dich eigentlich gar nicht kenne. Warum nur?"

„Betest du?"

Erschrocken fuhr Dominik herum.

Eine freundliche Stimme hatte ihn aus seinen Gedanken gerissen. „Entschuldige bitte. Ich wollte nicht neugierig sein. Aber es war nicht zu überhören, dass du mit Gott im Gespräch bist. Oder irre ich?"

„Na ja, eigentlich nicht. Keine Ahnung." Dominik zuckte mit den Schultern. „Mit Gott reden ... Sie meinen beten? Das habe ich noch nie allein gemacht. Wenn ich mal mitgebetet habe, war das meistens bei meinen Freunden. Sie scheinen sich damit auszukennen. Aber bisher hatte ich kein großes Interesse daran. Na ja, außer vielleicht ... in letzter Zeit."

„Nun, für meine Ohren klang das ziemlich ehrlich und damit genau so, wie Gott sich das wünscht."

„Meinen Sie? Ich dachte, da muss man so Formeln und besondere Sätze verwenden. Obwohl ... wenn ich darüber nachdenke, meine Freunde haben das auch nie gemacht."

Der Pfarrer schmunzelte. „So etwas ist auf keinen Fall notwendig. Das mag zwar für manche Menschen hilfreich sein, ist aber keinesfalls eine Regel oder gar ein Gesetz. Viel wichtiger als tolle Worte ist dein Herz", damit zeigte er auf Dominiks Brust. „Weißt du, der Mensch sieht auf das, was er vor Augen hat, und hört darauf, was seine Ohren mitbekommen. Doch Gott sieht viel tiefer. Er weiß, wie es in dir drin aussieht. Er versteht all das, was du nicht in Worte fassen kannst."

„Hm."

„Darf ich fragen, warum du hier bist?"

„Ja, sicher. Mein Vater ist vor Kurzem auf dem Marktplatz zusammengebrochen und liegt seitdem im Koma."

Der Pfarrer machte ein ernstes Gesicht. „Oh. Das muss schlimm für dich sein. Wie fühlst du dich dabei?"

Dominik erforschte das Gesicht des Pfarrers und wollte herausfinden, ob er nur neugierig oder ernsthaft interessiert war. Aber da war etwas Freundliches, etwas Gütiges in seinen Augen, das Vertrauen in ihm weckte. „Das ist ... kompliziert."

„Also, ich hab gerade nichts Besseres zu tun", grinste der Pfarrer. „Ich bin gerade von einem Patientengespräch zurückgekommen. „Ich heiße übrigens Anton. Wir können uns gern duzen."

„Dominik", antwortete er knapp und schüttelte Anton die Hand.

„Also, was beschäftigt dich? Ich habe das Gefühl, dass du an irgendetwas zu knabbern hast."

„Tja, wo fange ich an ...?“ Innerhalb der nächsten Stunde breitete Dominik sein ganzes Leben vor dem Pfarrer aus. Es tat ihm gut, endlich einmal über alles sprechen zu können. Er erzählte ihm von den Abenteuern mit seinen Freunden, den Erlebnissen in der Schule und ebenso der schwierigen Situation mit seinem Vater.

„Ja, jetzt verstehe ich auch, dass du hin und her gerissen bist und nicht weißt, wie du dich verhalten sollst oder was du fühlen sollst.“ Nachdenklich ging Anton einige Schritte. Dann drehte er sich um, blickte Dominik fest an und sagte: „Dominik, ich glaube, du steckst in einer Sackgasse fest. Du bist so sehr auf deinen Vater konzentriert, dass du übersiehst, wie Gott um dich wirbt.“

„Er wirbt um mich?“, fragte Dominik erstaunt. „Und wie macht er das?“

„Denk an die Erlebnisse mit deinen Freunden, die Gebete, von denen du mir erzählt hast, die Gott erhört hat, die Tatsache, dass du mehr als einmal hättest sterben können – Gott aber jedes Mal Rettung herbeiholte. Ich würde mal behaupten, Gott ist bis jetzt massiv in Vorleistung gegangen.“

Der Pfarrer lächelte Dominik an. „Meinst du nicht, dass Gott dir damit zeigt, wie viel du ihm wert bist? Was denkst du?“

„Hm, na ja. So gesehen ...“

„Gott will dich nicht nur vorm Ertrinken retten. Da ist auch all das Böse in unseren Herzen, das uns von Gott trennt: die miesen Gedanken, blöden Sprüche, Lügen – du weißt bestimmt selbst am besten, was es bei dir ist. Das trennt uns von Gott, unserem Schöpfer. Aber durch Jesus haben wir eine völlig neue Perspektive für unser Leben. Jesus Christus ist für dich gestorben, um dein Leben für immer zu retten. Glaubst du das?“

Als hätte es klick gemacht, hellte sich Dominiks Gesicht auf einmal auf. Mit leuchtenden Augen nickte er und sagte: „Ja!“

Lächelnd legte Anton die Hand auf Dominiks Schulter und sagte feierlich: „Gott hat dich bei deinem Namen gerufen. Du bist sein Kind. Fürchte dich nicht!“ Dann sprach er noch ein kurzes Gebet, in dem er Gott für Dominiks Rettung dankte und um Heilung für Dominiks Vater bat.

Als Dominik endlich wieder auf dem Weg ins Krankenzimmer war, fühlte er sich wie neu geboren. Mit großer Leichtigkeit hüpfte er die Treppen hinauf und betrat das Zimmer seines Vaters.

Mit einem Mal verschlug es ihm den Atem. Das Bett war leer. „Mom, was ...?“

Freudestrahlend stand seine Mutter schnell auf und umarmte ihren Sohn. „Hey, Dominik, Jonas ... dein Vater ist ... er ist endlich wieder aufgewacht. Sie untersuchen ihn gerade.“

Beide brachen in Tränen aus und lagen sich eine ganze Weile in den Armen. Dann erzählte Dominik seiner Mutter von dem Gespräch mit Anton, dem Pfarrer, seinem neuen Freund. Voller Freude erklärte er ihr: „Mom, Jesus hat mich gerettet!“

„Wie ... meinst du das?“, fragte seine Mutter irritiert.

„Ich habe jetzt verstanden, dass Gott mich liebt. Er liebt uns alle, trotz unserer Schwächen und Fehler. Und weißt du was? Ich habe Papa vergeben!“

Wieder rollten Tränen über das Gesicht von Dominiks Mutter. „Ich glaube fast, mit diesem Gott muss ich mich auch mal beschäftigen“, schluchzte sie.

„Wann kann ich mit Papa sprechen?“, wollte Dominik wissen.

Seine Mutter erklärte: „Der Arzt meinte vorhin, dass es bis zum Mittag dauern könne.“

„Hm, okay. Dann kann ich hier jetzt nichts tun. Es gibt so viele Neuigkeiten. Das muss ich unbedingt meinen Freunden erzählen. Ist es okay, wenn ich ...?“

„Na los, mach dich schon auf den Weg. Du musst jetzt eh in die Schule. Pass auf dich auf, ja?“

„Aber, Mom, heute haben wir doch keine Schule, schon vergessen? Heute Vormittag, 10 Uhr, haben wir Generalprobe in der Rehaklinik. Aber ich werde die Zeit nutzen, um meinen Freunden die Neuigkeiten zu erzählen." Dominik gab seiner Mutter einen Kuss auf die Stirn und eilte zu seinem Fahrrad. Auf dem Weg zu Paul fuhr er am Marktplatz entlang. Zwei Häuser weiter erregte ein hitziges Gespräch seine Aufmerksamkeit. Sofort fuhr er in eine Seitengasse, um sich zu verstecken. Er hatte die Frau erkannt, die mit jemandem stritt. Es war die Archivarin. Ihr gegenüber saß der schwarz gekleidete Mann aus dem Rathaus.

Vorsichtig spähte Dominik um die Hausecke und versuchte etwas zu erkennen und zu verstehen. Die beiden saßen in einem der Straßencafés und führten eine hitzige Debatte. Irgendetwas schien schlecht zu laufen. Plötzlich sprang Frau Goldstein Zyper-Mayer auf und schrie so laut, dass Dominik es deutlich verstehen konnte.

„Nein, das kann ich nicht einfach auf sich beruhen lassen! Sie wollten unbedingt alle Hinweise beseitigen. Aber die Art und Weise war völlig daneben!"

Der Mann antwortete genervt: „Wir haben nur unseren Job gemacht."

Doch das schien die Archivarin nicht gelten lassen zu wollen. „Sie wissen ganz genau, dass niemand in Gefahr gebracht werden sollte! Das hatten wir ausführlich besprochen. Aber gestern habe ich von meinem Kontakt bei der Polizei erfahren, dass bei der Manipulation des Schleusentores beinahe ein Junge ertrunken wäre."

„Na und?" Der Mann zuckte einfach mit den Schultern. „Der hätte dort gar nicht herumlungern dürfen."

„Und jetzt bringen Sie ein ganzes Gebäude zum Einsturz. Sie sind doch verrückt! Trümmer des Turmes hätten Menschen verletzen können. Dafür werden Sie sich noch verantworten müssen, Sie ...!"

„Machen Sie nicht so einen Lärm!" Der Mann drohte ihr mit der Faust.

„Sie ...! Das ist mir völlig egal!" Erzürnt stapfte sie davon.

Der schwarze Mann schlug wütend mit der Faust auf den Tisch, bezahlte und bestieg dann seinen schwarzen Mercedes und fuhr davon.

„Was war das denn gerade?", fragte sich Dominik und trat in die Pedale. Wenig später erreichte er Pauls Zuhause. „Leute, ihr werdet nicht glauben, was ich gerade mitbekommen habe."

„Nicht jetzt." Ohne aufzusehen, hielt Paul eine Hand hoch und versuchte damit, ihn abzuwehren.

„Hey!" Diesmal machte sich Dominik lauter bemerkbar.

Seine Freunde waren total vertieft und hatten ihn gar nicht richtig bemerkt.

„Oh, hallo. Du bist es", sagte Sarah fast beiläufig.

Jetzt schaute auch Paul auf. „Oh, sorry! Ich dachte, du bist Lisa. Meine kleine Schwester hat die Angewohnheit, immer dann reinzuplatzen, wenn es gerade unpassend ist. Wolltest du gerade was erzählen?"

„Ja, allerdings." Dominik zog seine Jacke aus und setzte sich zu den anderen. „Ich weiß gar nicht, wo ich anfangen soll. Es sind drei Dinge."

„Wie geht es deinem Dad? Du wolltest doch ins Krankenhaus?", fragte Sarah besorgt.

„Er ist wieder aufgewacht."

„Halleluja!", freute sich Pauls Vater, der gerade das Zimmer betrat. „Ein Grund zum Danken. Wie geht es ihm?"

„Das weiß ich leider noch nicht. Bis zum Mittag wird er gründlich untersucht, dann fahre ich wieder hin. Hoffentlich kann ich ihm dann endlich sagen, dass ...", er holte tief Luft, „ich ihm vergeben habe!"

„Wow." Samuel verbeugte sich ehrfurchtsvoll, und Paul nickte anerkennend.

Sein Vater freute sich ebenfalls. „Das finde ich richtig toll, Dominik. Sag, wie kam es dazu? Bisher warst du dir doch nicht so ganz sicher, was du tun würdest."

„Ja, das stimmt. Aber wisst ihr was? Die größte Neuigkeit kennt ihr noch gar nicht." Dominiks Augen leuchteten.

Sarah lachte. „Jetzt spann uns nicht schon wieder auf die Folter. Sag schon!"

„Jesus hat mich gerettet. Ich hab's endlich verstanden!"

„Hey, das ist ja superduper. Komm her!" Sarah stand auf und umarmte Dominik ganz herzlich. „Ich freu mich so für dich!"

Auch Pauls Vater drückte Dominik und sagte fröhlich: „Dominik, ich bin sehr froh über deine Entscheidung für Jesus. Dir werden bestimmt viele Fragen durch den Kopf gehen. Wann immer du magst, sprich uns gerne an, ja?"

Paul grübelte schon wieder. „Dom, du hast etwas von drei Dingen gesagt. Was ist das Dritte?"

„Was? Ähm, ach ja." Dominik lehnte sich zurück und berichtete von dem Zwischenfall auf dem Marktplatz mit dem Mann und der Archivarin.

„Das wird ja immer verzwickter", murmelte Sarah. „Gestern mussten wir feststellen, dass die Archivarin mit drinhängt, und heute scheint es so, als ob ihr auch nicht alles gefällt, was da so geschieht."

Dominik nickte langsam. „Ja, vielleicht ... ist sie, tief in ihrem Herzen, wirklich kein schlechter Mensch."

„Dom?" Samuel zog eine Augenbraue hoch.

„Na ja, überleg doch mal. Was, wenn sie einfach nur an die falschen Leute geraten ist? Seit gestern wissen wir, dass sie irgendeine Verbindung zu einem Orden hat. Ich vermute mal, dass damit der Orden der Archivare gemeint ist, auch wenn ich keine Ahnung habe, was das mit Zypern zu tun hat."

„Zypern, sagst du?", schaltete sich Pauls Vater ein, der eigentlich schon wieder auf dem Weg nach draußen war.

„Ja. Gestern haben wir ein Gespräch zwischen Frau Goldstein Zyper-Mayer und einem dieser schwarzen Männer belauscht. Dabei haben wir aufgeschnappt, dass sie Vorfahren im Orden hat", erklärte Dominik.

Und Paul ergänzte, „Na, vielleicht daher ihr Name. Zyper-Mayer. Das Zyper könnte auf Zypern hindeuten. Nicht wahr, Paps?"

Pauls Vater nickte. „Wenn ich bedenke, dass wir hier in Villstein das Geheimarchiv des vermutlich letzten Archivars des Ordens gefunden haben, dürfte es kein Zufall sein, dass eine seiner Nachkommen sich hier niedergelassen hat. Zweifellos war sie auch auf der Suche nach der Höhle."

„Die wir gefunden haben", merkte Dominik stolz an.

„Richtig. Allerdings wirft das ein völlig neues Licht auf die Situation. Wenn Frau Goldstein Zyper-Mayer, ihres Zeichens Archivarin, Vorfahren in Zypern hat ..."

Samuel hob die Hand. „Ich finde, wir sollten uns erst einmal darauf konzentrieren, das zweite Testament zu finden. Wir wissen nicht, wie weit uns diese Ganoven von Sektion13 voraus sind."

„Ja, Samuel hat vollkommen recht", bestätigte Pauls Vater. „Am besten, wir ordnen noch einmal alle Notizen und schreiben unsere bisherigen Erkenntnisse hier ans Whiteboard."

Nach einer Weile stand Samuel auf und lief nachdenklich im Zimmer auf und ab.

„Du machst mich ganz nervös", beschwerte sich Sarah.

„Hm. Mir kam gerade ein Gedanke, wie wir vielleicht doch noch vom Turm heruntergucken können. Ich habe doch neulich die Drohne bekommen, die ich mir gewünscht habe."

„Ja, und?"

Paul hob den Zeigefinger. „Ich glaube, ich weiß, was er vorhat." An Samuel gewandt sagte er: „Lass mich raten: Du willst mit der Drohne an die Stelle fliegen, wo früher mal der Turm stand. Von dort aus guckt dann die Drohne für uns in die richtige Richtung, so als würde sie aus einem der Fenster schauen, richtig?"

Samuel klopfte Paul auf die Schulter. „Ich find's klasse, dass wir so auf einer Wellenlänge funken. Das Problem ist allerdings, dass ich keine Ahnung habe, in welche Richtung ich die Drohne ausrichten soll."

„Hat uns nicht erst das Gedicht des Wächters auf die Spur gebracht?", fragte Dominik in die Runde. „Vielleicht gibt's da noch mehr drin zu finden."

„Stimmt", nickte Sarah und kramte in ihren Taschen. „Hier ist es. Es ging mir einfach nicht aus dem Kopf, deshalb hab ich das Gedicht mal ausgedruckt." Sie legte den A4-Zettel auf den Tisch, sodass alle draufschauen konnten.

Paul las einige Fragmente vor. „Irgendwie erscheint mir das alles ziemlich zusammenhanglos. Zum Beispiel hier: *Nicht im Süden wütet der Wikinger. Nicht am Berg wartet der Überbringer.* Und dann: *Von acht Pfeilen fehlt einer. Er flog in den Osten, wie vor ihm noch keiner.* Versteht ihr das?"

„Also, der erste Teil klingt wie eine absichtlich gegenteilige Information. Nicht im Süden – also im Norden", überlegte Sarah. „Wenn der Überbringer nicht am Berg wartet, dann müsste es irgendwo im Flachland sein."

Sie dachte nach. „Vom Turm aus gesehen also nördlich."

„Also müssen wir das nördlich ausgerichtete Fenster nehmen", stellte Samuel fest. „Wartet mal kurz. Ich schau mal eben bei Google Maps nach, vielleicht kann ich herausfinden, welches Fenster wir brauchen. Dafür muss ich vermutlich nicht einmal meine Drohne auspacken." Samuel holte sein Notebook und rief die Onlinekarte auf. „Hier, seht mal. Da ist der Turm. Norden ist auf der Karte oben. Also da lang. Damit landen wir auf der anderen Seeseite. Und nun?"

Dominik überlegte laut: „Dann hab ich für den zweiten Teil vielleicht eine Idee. Wenn von acht Pfeilen einer fehlt, sind es genau sieben. So viel Mathe krieg ich gerade noch hin. Aber wieso der in den Osten geflogen ist, verstehe ich nicht. Könnte damit eine Richtung gemeint sein?"

Samuel rieb sich die Nase. „Mit etwas Fantasie kann man hier Ortsangaben erkennen. Norden, Süden, Osten – das sind alles geografische Richtungsangaben. Wenn wir vom Turm aus die Angaben Norden und Osten haben, fliegt der Pfeil also in nordöstlicher Richtung."

Pauls Gesicht hellte sich auf: „Wir haben noch die Sieben. Das könnte demnach sieben Grad nach Osten bedeuten."

„Die alte Klosterruine!", rief Dominik aus. „Auf der anderen Seite des Villsteiner Sees befindet sich doch das Kloster oder was davon noch übrig ist."

Sarah kratzte sich am Kopf. „Ob wir da noch was finden? Das Kloster wurde im Zweiten Weltkrieg halb zerstört."

„Schwer zu sagen. Aber einen Versuch ist es allemal wert."

Paul hatte offenbar einen Einwand. „Aber nicht jetzt. Darf ich euch daran erinnern, dass wir jetzt in die Rehaklinik müssen? Die warten bestimmt schon wieder auf uns, heute ist doch unsere Generalprobe."

„Viel Erfolg!", wünschte Samuel seinen Freunden. „Ich muss jetzt auch los, meine Ausfallstunden dauern ja auch nicht ewig an."

So machten sich alle auf den Weg.

Botschaft aus der Vergangenheit

Kapitel 12

Dominik konnte es kaum erwarten, dass es endlich Mittag wurde. Ganz ungeduldig saß er nach der Probe mit seiner Mutter und seinen beiden Schwestern im Krankenzimmer. Sein Vater sollte jeden Moment gebracht werden. Endlich öffnete ein Pfleger die Tür und schob Dominiks Vater in seinem neuen Bett herein.

„Daddy!“, riefen Dominiks Schwestern fröhlich und sprangen auf.

„Jonas, wie fühlst du dich?“, fragte seine Frau besorgt und strich ihm behutsam übers Haar.

„Danke, es ... es geht schon“, murmelte er leise und erschöpft. „Dom ... wo ist Dominik?“, wollte er wissen.

„Ich bin hier ... Paps!“ Vorsichtig umarmte Dominik seinen Vater zum ersten Mal und wollte ihn gar nicht mehr loslassen. Er flüsterte ihm ins Ohr: „Ich vergebe dir, Paps.“

Jonas liefen dicke Tränen übers Gesicht.

Dominiks Mutter war zutiefst bewegt. Auf diesen Moment hatte sie schon nicht mehr zu hoffen gewagt.

Die Zeit verging schneller als gedacht. Es klopfte an der Zimmertür, und der behandelnde Arzt betrat den Raum. Er ermahnte die ganze Familie, daran zu denken, dass Jonas sich nun viel ausruhen müsse.

„Sagen Sie uns bitte, wie es um ihn bestellt ist!“, bat Dominiks Mutter.

Der Arzt setzte eine ernste Miene auf. „Nun ja. Ich will Ihnen nichts vormachen. Es ist ernst. Sehr ernst sogar. Sein Körper ist so stark geschwächt, dass die übliche Behandlung, also eine Chemotherapie, im Grunde nicht mehr infrage kommt.“

Zögernd fügte er hinzu: „Er ist momentan stabil. Aber nach ärztlichem Befund ... hat er nur noch Wochen, bestenfalls Monate."

„Ohhh." Dominiks Mutter sackte in sich zusammen.

„Es tut mir leid, Frau Peters. Dennoch wünsche ich Ihnen und Ihrer Familie viel Kraft für die kommende Zeit."

„Danke", hauchte sie.

Mit einem Mal war die soeben aufgeblühte Fröhlichkeit im Raum wie weggeblasen. Doch dann hob Dominik den Kopf und versuchte ein wenig zu lächeln. Er nahm die Hand seines Vaters und sagte: „Paps, ich werde für dich beten. Du musst nämlich wissen, Gott liebt alle Menschen. Auch ganz besonders dich." Zum ersten Mal betete Dominik selbständig zu Gott und bat ihn um Rettung für seinen Vater.

Dominiks Mutter und seine Schwester hörten irritiert zu, sagten jedoch nichts. Sein Vater war inzwischen wieder eingeschlafen.

„Dominik", sagte seine Mutter leise, „vielleicht solltest du dich langsam mit dem Gedanken anfreunden, dass dein Vater sterben wird."

„Aber Mom, woher willst du das denn wissen? Nicht einmal die Ärzte wissen das so genau. Genauso ist es möglich, dass Jesus unseren Papa wieder gesund macht. Und ich glaube ganz fest daran."

Müde lächelnd nahm Dominiks Mutter ihren Sohn in den Arm. „Falls du noch etwas mit deinen Freunden vorhast, wäre jetzt ein guter Zeitpunkt. Die nächste Zeit wird Jonas schlafen und sich ausruhen."

„Ja, ich hab tatsächlich noch etwas vor. Aber wenn sich etwas ändert, ruf bitte bei Markus an, okay? Wir treffen ihn später noch."

„Natürlich. Bis dann!"

Wenig später versammelten sich die vier Freunde auf dem Villsteiner Marktplatz. Es war ein wunderschöner Tag.

Gemeinsam machten sie sich auf den Weg und radelten um den Villsteiner See herum.

„Und?", fragte Sarah neugierig. „Konntest du endlich mit deinem Vater sprechen?"

„Ja. Ich hab ihm auch gesagt, dass ich ihm vergeben habe."

„Ich bin echt froh über deine Entwicklung, Dom", erklärte Samuel.

Auch Paul stimmte zu. Die übrige Fahrt sprachen sie kaum miteinander und genossen stattdessen die friedliche Stille.

Nach einer Weile erreichten sie die Klosterruine, fuhren um das Gebäude herum und stellten ihre Fahrräder auf der Seeseite ab.

Gespannt betraten sie das alte Kloster, dessen ehemals hoher Sakralbau nur noch zu erahnen war. Ringsum waren Überreste von Steinbögen und Buntglasfenstern auszumachen. Samuel hatte seine Digitalkamera mitgenommen und fotografierte alles, was auch nur annähernd geheimnisvoll aussah.

Sarah sagte: „In der Mitte des Klosters sollte sich der Altar befinden. Vielleicht gibt es dort etwas zu entdecken. Falls er noch steht, sollte ich wohl sagen."

„Ja, okay. Schauen wir mal nach."

„Hier drüben", rief Sarah und winkte ihre Freunde herbei. „Das dürfte einmal ein sehr prachtvoller Altar gewesen sein. Schaut euch mal die Überreste der Einfassung auf der linken Seite an. Wenn man genau hinschaut, erkennt man sogar noch etwas von dem auf den Stein gemalten Altargemälde. Ist leider schon ziemlich verrußt und verdreckt und halb zerbrochen."

„Psst. Ich höre etwas." Samuel legte den Finger auf den Mund. „Wartet hier, ich gehe mal nachschauen." Auf leisen Sohlen schlich er zum Eingangsbereich des Klosters. Jetzt konnte er sehen, was er gehört hatte.

Zwei schwarze Mercedes-SUVs fuhren auf den Parkplatz, und zwei Arbeiter stiegen aus. Dieselben falschen Arbeiter mit ihren Lackschuhen.

„Ach, du Schreck!“ Schnell huschte er zu seinen Freunden zurück und flüsterte aufgeregt: „Los, schnell, versteckt euch! Die schwarzen Typen sind hier!“

Hastig suchte sich jeder einen Steinvorsprung oder ein großes Trümmerstück, hinter dem er in Deckung gehen konnte.

Dominik hatte sich hinter einer steinernen Bank verkrochen und spähte vorsichtig um die Ecke. Er beobachtete, wie einer der Männer vor dem Altar stand und sich bekreuzigte. Der andere holte einen Werkzeugkoffer und stellte ihn auf den Altar. Dominik konnte nicht sehen, was er dort machte, weil er sich hinter dem Altar versteckt hielt. Als Dominik sich ein wenig weiter zur Seite neigte, blieb sein Blick auf einmal auf der Rückseite des halb zerstörten Altars hängen.

„Hm, was ist das denn?“

„So, wir sind hier fertig!“, rief der Mann mit dem Werkzeugkasten lautstark und verließ gemeinsam mit dem anderen Arbeiter das Kloster. Sie bestiegen ihre Autos und fuhren davon. Dann war es still.

Langsam krochen die vier Freunde wieder aus ihren Verstecken und schauten sich um.

Paul war als Erster am Altar. „Ach, du dickes Ei!“, rief er erschrocken aus.

Dominik fragte unsicher: „Ist das ein ...“

„Sprengsatz?“, fügte Samuel an. „Ja, so würde ich das bezeichnen.

„Was macht denn der mitten auf dem Altar?“ Sarah schüttelte den Kopf.

„Wir sollten auf jeden Fall sofort auf Abstand gehen!“, mahnte Samuel. Als sie in sicherer Entfernung waren, griff er nach seinem Handy und verständigte die Polizei. „Freddy? Oh super, dass du es gleich bist. Du musst unbedingt schnell herkommen. Am besten mit einem Sprengkommando im Schlepptau. Ich glaube, wir haben hier eine Bombe gefunden ... Wo wir sind? Ach so, ja, in der alten Klosterruine ... Ja, alles klar. Bis dann!“

„Leute, Freddy ist unterwegs."

Es kam ihnen wie eine Ewigkeit vor, während sie draußen, am Ufer des Sees, auf die Polizei warteten. Als Freddy dann endlich kam, erklärte Samuel noch einmal genau, was vorgefallen war und was sie dort entdeckt hatten. Freddy besprach sich mit einem Kollegen, einem Bombenentschärfer, der ziemlich dick gepolstert aussah und eine große Kunststoffmaske auf dem Kopf trug. Der Mann ging mit einem Koffer in der Hand allein ins Kloster. Nach nicht einmal fünf Minuten gab er per Funk durch, dass alles in Ordnung war, der Sprengsatz war entschärft.

Dann kam Freddy wieder zu den Kindern. „Und ihr glaubt also, dass es sich hierbei um dieselben Leute handelt wie damals, als wir im Hotel im Einsatz waren und diesen mysteriösen Mr. Black entwischen ließen?"

„Na ja, zumindest dürften sie derselben Organisation angehören", vermutete Samuel.

„Hm, nachdem du mich wegen dieses technischen Gerätes angerufen hattest, das ihr in der alten Kanalisation gefunden habt, untersuchten wir diese Vorrichtung und konnten deine Vermutung bestätigen. Es handelt sich tatsächlich um einen Funkverteiler. Leider wissen wir noch nicht, wozu er gebraucht werden soll. Allerdings hat mir Kollege Hardy, also der Entschärfer, mitgeteilt, dass dieser Sprengsatz hier über einen Funkempfänger verfügte, der allerdings noch inaktiv war. Deshalb war es absolut richtig, dass ihr mich informiert habt. Gut gemacht."

„Was geschieht jetzt mit den seltsamen schwarzen Leuten?", fragte Dominik aufgeregt. „Schnappt ihr sie euch jetzt?"

Freddy hob die Hand. „So einfach ist das nicht. Wir haben bisher keine handfesten Beweise."

„Und die Bombe ist kein Beweis?", entsetzte sich Sarah.

„Nur, wenn wir Fingerabdrücke darauf finden. Das zu ermitteln ist Sache des Labors."

„Sag mal, haben wir damit vielleicht das Geheimnis um den mysteriösen Funkverteiler aus der alten Kanalisation gelüftet?“, fragte Samuel interessiert.

„Teilweise. Der Funkverteiler steuert zwei Frequenzen an. Eine haben wir hier. Die andere fehlt noch. Aber wir sind auf jeden Fall auf der Suche.“

„Könnt ihr diese Funkfrequenzen nicht einfach stören?“ Samuel versuchte sich schlau zu geben.

Freddy lächelte. „Du hast vermutlich viele Actionfilme gesehen, was? Im wahren Leben gibt's aber keinen James Bond, der mit verbundenen Augen Bomben entschärft und mit seinem Feuerzeug Computer hacken kann. Natürlich können wir Funksignale isolieren und stören. Aber nur in einem begrenzten Bereich.“

„Können wir jetzt eigentlich wieder reingehen?“, wollte Dominik wissen.

„Ja, sicher. Viel Spaß noch!“

Als sie wieder allein waren, meinte Dominik: „Kommt bitte mal mit, Leute. Als ich mich hinter dem Altar versteckt hielt, habe ich etwas entdeckt.“ Dominik führte seine drei Freunde zum Altar und zeigte ihnen die Rückwand. „Kommt euch das irgendwie bekannt vor?“

Sarah legte den Kopf schief. „Hm, nee. Was soll das sein?“

„Ich hab keine Ahnung. Mir war nur, als hätte ich so etwas Ähnliches schon einmal gesehen.“

Samuel kniff die Augen zusammen und murmelte: „Hat gewisse Ähnlichkeit mit den Symbolen aus der alten Kanalisation. Ich werd's mal fotografieren. Paul, vielleicht hat dein Vater ja eine Idee.“

Kaum, dass sie wieder draußen waren, begann Dominiks Bauch zu grummeln. „Oh, Mann. Ich glaub, ich krieg Hunger.“

Paul lachte auf. „Wir sind hier bestimmt durch, oder? Ich hab 'ne Idee. Sarah, kann ich bitte mal kurz dein Handy haben?“

„Klar, hier."

„Danke, bin gleich zurück." Paul entfernte sich ein wenig.

Nachdem er telefoniert hatte, kam er mit einem breiten Grinsen im Gesicht zurück. „Bin schon fertig. Danke noch mal, Sarah. Los geht's, Leute."

„Wo fahren wir denn hin?", wollte Dominik wissen.

„Ist eine Überraschung."

Samuel runzelte die Stirn. „Du willst uns wirklich nichts verraten, oder?"

„Nope", feixte Paul und radelte los.

Sie fuhren wieder den ganzen Weg zurück, um den See herum, durch Villstein und folgten Paul bis nach Hause. „So, da wären wir."

Paul klingelte an der Haustür. Seine Mutter öffnete, lächelte ihn an und begrüßte auch seine Freunde.

„Boah ey, was riecht denn hier so gut?" Samuel schnüffelte wie ein Hund.

„Nein. Nein. Nein", rief Dominik fröhlich erregt.

Sarah war irritiert.

„Oder doch?" Neugierig lugte er um die Ecke und steckte seine Nase gerade in dem Moment ins Esszimmer, als Pauls Mutter die Tür öffnete. „Hmmmm. Hab ich's doch gewusst."

Im nächsten Moment trug Pauls Mutter einen riesigen Berg herrlich duftender Waffeln auf den großen Holztisch.

Dominik setzte sich schnell auf den Stuhl und rief: „Bin so weit. Kann losgehen."

Sarah musste lachen. Sie hätte sich denken können, dass es ums Essen ging. Irgendwie war Dominik dann jedes Mal ganz vorne mit dabei.

„Lasst es euch schmecken!", sagte Pauls Mutter freundlich und stellte Puderzucker und Schlagsahne bereit.

Samuel und Sarah waren sich einig: Dominiks Schwärmerei war nicht übertrieben. Noch nie hatten sie solche leckeren Waffeln geschlemmt.

Genüsslich leckte sich Samuel den Puderzucker von den Fingern und strich sich über den Bauch. „Boah ey. Hoffentlich waren das jetzt nicht zu viele."

Gerade betrat Pauls Vater das Esszimmer, schnappte sich eine Waffel und erkundigte sich nach dem aktuellen Stand der Nachforschungen. „Also, wie sieht es aus? Habt ihr inzwischen noch etwas herausfinden können?"

Ziemlich durcheinander berichteten sie alles, was sie wussten und kürzlich erlebt hatten.

„Dann zeigt mir doch mal die Symbole aus dem Kloster! Vielleicht kann ich helfen."

Samuel verband seine Digitalkamera mit Pauls Notebook und überspielte die Bilder. Dann ließ er die Bilder der Reihe nach durchlaufen.

„Stopp mal." Pauls Vater ging auf den Computer zu, der auf dem Tisch stand und hielt die Diashow an. „Hm ... was macht ihr denn mit dem Tempel?"

„Tempel?", erkundigte sich Dominik.

„Das sieht aus wie der Grundriss des salomonischen Tempels, also des ersten Tempels in Jerusalem. Wo habt ihr das gefunden?"

„Das hab ich an der Rückseite des Altars in der Klosterruine fotografiert."

Dominik murmelte: „Na ja, es kam mir bekannt vor, ich konnte es aber nicht einordnen. Ich dachte, diese Symbole erinnern ein wenig an die Wegweisersymbole in der Kanalisation."

„Du hast recht. Form und Typ sind sehr ähnlich. Eventuell haben wir es hier ebenfalls mit einem Wegweiser zu tun. Das erinnert mich an die vielen Wegweisersymbole, die quer durch die ganze alte Kanalisation verstreut sind. Ich dachte mir: Da hat sich einer viel Mühe gemacht. Doch warum? Das konnte ich lange nicht beantworten. Bis ich mir gestern den alten Schlüssel noch einmal genauer anschaute. Am Bart des Schlüssels befindet sich ein kleines, kaum erkennbares Symbol des Ordens der Archivare. Einen solchen Schlüssel besaß allerdings nur der Schlüsselmeister. Soweit ich das sagen kann, handelt es sich hierbei um einen Rang innerhalb des Ordens. Nur der Schlüsselmeister hatte durch diesen einzigartigen Schlüssel Zugang zu wichtigen Dokumenten, Artefakten und Orten."

„Aber wenn ich nicht irre, hast du mal was von einer Schriftrolle erwähnt, die dieser unbekannte Archivar versteckt haben soll", merkte Samuel an.

„Gut aufgepasst. Ich kann es nicht beweisen. Noch nicht. Aber es hat den Anschein, dass hinter der falschen Mordanklage, derer dieser Mann bezichtigt wurde, die Sektion13 stand. Sie wollte diese Schriftrolle unbedingt in die Finger bekommen."

„Warum war sie denn so wichtig? Was stand da drin?" Paul war neugierig geworden.

„Das weiß ich leider nicht. Allerdings konnte ich alte Gerichtsurkunden finden, in denen beschrieben wird, dass ein Unbekannter in seinem eigenen Haus eingesperrt werden sollte und der Schlüssel weggeworfen würde. Das verstehe ich als Anspielung auf den Schlüsselmeister, der seines Schlüssels beraubt wurde."

„Ach, und wenn es sein Haus war", erkannte Dominik, „dann hat er vermutlich auch schon lange vorher Vorkehrungen getroffen, wie er fliehen konnte."

„Genau, das glaube ich auch."

„Da fällt mir ein", warf Dominik ein, „ich hab hier noch was. Wir waren doch gestern im Rathaus, um der Archivarin auf die Spur zu kommen."

„Ja, davon hat Paul mir erzählt", bestätigte Markus.

„Hat er auch von der Schriftrolle erzählt?", fragte Dominik.

„Ähm, nein? Welche Schriftrolle?"

„Hier, schau mal! Diese Kopie habe ich gestern im Büro der Archivarin gefunden. Das ist zwar nicht die Schriftrolle selbst, aber hier steht etwas von einem zusammengerollten Pergament, das als Schriftrolle getarnt nach Schottland überführt werden sollte."

Pauls Vater murmelte: „Interessant. Das ist schon der zweite Hinweis darauf, dass in Schottland ein weiterer Archivar gelebt hat. Vielen Dank, das muss ich unbedingt weiterverfolgen. Doch jetzt erst einmal zurück zum aktuellen Thema." Pauls Vater wandte sich wieder dem Bild auf dem Computer zu.

„So, schauen wir mal", fuhr er fort, „an diesem Symbol, das ihr fotografiert habt, ist etwas komisch."

„Stimmt etwas nicht?"

„Na ja, es gibt hier eine Abweichung. Wenn dies der Grundriss des alten Tempels ist ... müsste sich hier das Allerheiligste befinden. Also der Ort, an dem die Bundeslade stand. Doch auf dem Plan ist da nichts."

„Du meinst den goldenen Kasten mit den Zehn Geboten drin?"

„Genau, Dominik. Aber wie hilft uns das jetzt weiter? Hm ..." Nachdenklich schlich Pauls Vater um den Tisch herum, verschränkte seine Arme und kraulte seinen Bart.

Inzwischen hatte Samuel sein eigenes Notebook aus dem Rucksack geholt und sortierte seine Drohnenaufnahmen. Bei einer Aufnahme wurde er auf einmal stutzig. „Sekunde mal", murmelte er, „ist das nicht ...? Markus, kommt dir das bekannt vor?"

„Was hast du da? Sieht wie eine Luftaufnahme aus."

„Ja. Vor Kurzem habe ich eine Drohne geschenkt bekommen und sie über Villstein fliegen lassen. Das war echt spannend."

„Du weißt aber schon, dass das verboten ist, oder?", warf Markus ein. „Man darf nicht über Wohngebieten herumfliegen."

„Ach, echt? Das wusste ich gar nicht. Oha. Danke für den Tipp. Da sollte ich mich wohl mal etwas schlau machen."

Samuel drehte seinen Computer ein wenig, um ihn Markus besser zu zeigen. „Was ich eigentlich meinte, ist das hier."

Er stoppte das Video an einer ganz bestimmten Stelle. Jetzt sah man den Villsteiner Stadtkern mit seinem Marktplatz, der Kirche, den Straßen und einigen Häusern.

Pauls Vater hielt den Kopf schief, dann hob er eine Augenbraue und murmelte: „Also, das wäre ja echt verblüffend."

„Markus, Sam, was seht ihr da?" Dominik war neugierig.

„Das könnte wirklich ..." Jetzt hielt Markus das Gesicht ganz dicht an den Bildschirm. „Ja. Ja!" Verdutzt schüttelte er den Kopf. „So etwas habe ich noch nie gesehen. Eine Stadt, erbaut nach dem Vorbild des Tempels Salomos."

„Im Ernst? Wo seht ihr denn das?"

„Momentchen", sagte Samuel und verband seine Digitalkamera mit seinem Notebook. Dann machte er einen Screenshot von der Luftbildaufnahme und öffnete sie in Photoshop. Anschließend öffnete er das Foto von den Symbolen des Altars aus dem Kloster und legte beide Bilder übereinander. Nachdem er die Größe noch etwas angepasst und die Bilder ein wenig gedreht hatte, fiel es Paul und Dominik wie Schuppen von den Augen.

„Das gibt's ja nicht! Wir sind also die ganze Zeit im Tempel herumspaziert und wussten es nicht?"

Sein Vater schmunzelte. „Also, ganz so dramatisch würde ich es nicht formulieren. Aber ja, die Übereinstimmungen sind überraschend."

Sarah hatte das Geschehen interessiert verfolgt. „Und wo ist jetzt die fehlende Stelle?"

„Gute Frage, Sarah", sagte Pauls Vater. „Schauen wir gleich einmal nach. Hier oben im Bild müsste das Allerheiligste sein. Da!" Er zeigte mit dem Finger auf eine bestimmte Stelle auf dem Bildschirm. „Was befindet sich dort?"

„Der Barockgarten. Hierbei handelt es sich um ein wirklich schönes Stück Villstein. Viele Maler und Musikkünstler sind regelmäßig dort, um das Ambiente zu genießen, Konzerte zu geben oder die vielen interessanten Motive zu malen."

„Dann scheint mir das der perfekte Ort für ein großes Vermächtnis zu sein.“ Pauls Vater wurde ganz aufgeregt. „Falls ihr nicht gerade etwas anderes vorhabt ...“

Dominik hüpfte vom Stuhl und rief den anderen zu: „Na los! Worauf wartet ihr noch?“

Mit dem Auto fuhren sie gemeinsam in die Stadt, direkt zum Parkplatz des Barockgartens. Langsam neigte sich der Tag dem Ende entgegen, sodass ein wunderschöner Sonnenuntergang zu beobachten war.

„Herrlich!“, schwärmte Sarah und wirbelte über die Wiese. Vor lauter Übermut verlor sie das Gleichgewicht. Doch Paul war sofort zur Stelle und konnte sie sanft auffangen. „Oh, danke.“

Die beiden wurden aus ihrer kurzen Zweisamkeit gerissen, als Samuel nach ihnen rief: „Wo bleibt ihr denn?“

Während sie durch gleichmäßig geschnittene Hecken schlenderten, entdeckte Dominik verschiedene Steinskulpturen, einen großen Pavillon und weiter hinten einen Springbrunnen. „Wie sollen wir denn hier jemals etwas finden?“

Samuel hatte einen Vorschlag: „Ich würde die Gegend systematisch absuchen. Wir könnten ein Suchraster festlegen, das ...“

„Mensch Samuel, muss es denn immer so kompliziert sein?“, jammerte Sarah. „Wir könnten auch einfach loslaufen.“

Markus schien amüsiert zu sein und sagte nach einer Weile: „Laut meiner Nachforschungen ist die Familie Vanbrugg eine der Gründungsfamilien Villsteins.“

„Du meinst die, deren Kind bei Vill, dem Streuner, gelebt hat?“, fragte Sarah zurück.

„Ja, genau. Gibt es hier vielleicht eine Art Mausoleum, einen Gedenkstein oder so was in der Art?“

„Hm, lass mich mal überlegen. Da fällt mir nur eine alte Gruft ein. Man nennt sie gemeinhin die Gründergruft. Ich hab nie kapiert, wieso Gründer, weil es wohl nichts mit der

Gründung einer Firma zu tun hat. Aber wenn wir natürlich an die Gründungsväter unserer Stadt denken, ergibt das Sinn. Hier entlang."

Sarah führte sie durch einen großen, duftenden Rosengarten, vorbei an mehreren im Kreis aufgestellten Steinskulpturen bis sie schließlich den Rand des Gartens erreicht hatten.

„Dort drüben, an der Nordmauer des Gartens befindet sich ein relativ großer Anbau. Ich glaube, das ist die Familiengruft."

Schon von Weitem konnte man den herrschaftlichen Baustil der Gruft erkennen, die schätzungsweise zehn mal zehn Meter groß war. Sie durchschritten einen Steinbogen und betraten einen mit Granitsäulen und Büschen gesäumten Bereich des Gartens.

„Jo, also hier wohnen – äh, ich meinte, ruhen – reiche oder zumindest wichtige Leute", mutmaßte Dominik. „Sieht ziemlich pompös aus."

„Schau mal, Dom! Das wird dir gefallen", rief Paul und las vor: *„Mors finis."*

„Pffff. Willst du mich ärgern?", maulte Dominik.

„Nee, nur ein bisschen necken. Ich dachte, du magst Lateinisch", witzelte Paul und raufte sich mit Dominik.

Samuel räusperte sich. „Wenn ihr dann fertig wärt ..."

„Na schön", grinste Dominik und suchte gemeinsam mit Paul die Mauern der Gruft ab.

„Paps? Ich glaube, wir brauchen dich. Übersetz mal, bitte."

„Schon zur Stelle. *Mors finis*. Das bedeutet: Der Tod ist das Ende."

Samuel wiegte den Kopf langsam hin und her und überlegte. „Das ist aber merkwürdig. Auf dieser Marmorplatte steht dick und fett drauf, dass hier Graf Ludwig Vanbrugg und Gräfin Emilia Vanbrugg ruhen. Wenn der Graf ein Mitglied des Ordens der Archivare war, sollte man doch annehmen, dass er eine etwas zukunftsorientiertere Beziehung zum Thema Tod hatte, oder?"

Nachdenklich kratzte sich Pauls Vater am Bart. „Du hast recht, Samuel. Das hat mich auch stutzig gemacht. Noch etwas stört mich. Sieh dir mal die Abstände zwischen dem Wort *Mors* und *finis* an. Was stimmt daran nicht?"

Samuel kniff die Augen zusammen. „Zwischen den beiden Wörtern ist ziemlich viel Platz."

„Na, wenn das mal nicht nach meinem Buchstabenrätsel riecht", warf Dominik flapsig ein.

„Was sagst du da?"

„Erinnert ihr euch an den fehlenden Buchstaben auf dem Schild des alten Gasthauses? Es ist doch gut möglich, dass es derselbe Mann gebaut hat, nicht wahr? Könnte man dann nicht auch die gleiche Art Rätsel vermuten?"

„Hm, also ganz von der Hand zu weisen ist deine Theorie natürlich nicht", bestätigte Pauls Vater. „Wenn es stimmt, müsste hier irgendwo noch mindestens ein Wort zu finden sein."

Es dauerte eine Weile. Doch dann blieb Sarah vor dem Steinbogen stehen, den sie durchschritten hatten, und rief: „Könnte es sein, dass wir ein *non* suchen?"

„*Non*? Das würde ‚nein', ‚nicht' oder ‚kein' bedeuten", Pauls Vater schaute nach oben und überlegte. „Dann würde aus *Mors finis* ein *Mors non finis*. Ja, das passt."

Paul übersetzte: „Der Tod ist *nicht* das Ende. Richtig?"

„Super, Paul. Jetzt müssen wir nur noch da oben rankommen. Wie wär's mit einer Räuberleiter? Ihr dürft mir mal aufs Dach steigen", feixte Pauls Vater.

Gesagt, getan. Dominik liebte Klettereinlagen und war im Nu hochgeklettert. Jetzt befand sich das Wort direkt vor seiner Nase. So erkannte er, dass dieses Wort offenbar auf einer kleinen Steinplatte angebracht war. „Ufff, das klemmt aber fest drin."

„Versuch mal, das Wort reinzudrücken. Vielleicht gibt es einen Federmechanismus", schlug Pauls Vater vor.

„Ja, das klappt. Ich hab's rausbekommen." Dominik kletterte wieder herunter. „Und jetzt, rein damit in die Gruft."

Dominik legte die kleine Steinplatte vorsichtig auf den freien Platz. Da erkannte er eine kaum wahrnehmbare Vertiefung, schob die Textplatte in die Halterung und drückte einmal kräftig darauf. Ein dumpfer Knall ertönte. Gefolgt von einem kratzenden, schabenden Geräusch. Plötzlich öffnete sich die Tür der Gruft ganz langsam.

„Juhu, wir haben's geschafft!", freute sich Dominik und machte einen Luftsprung.

Pauls Vater leuchtete mit seiner Taschenlampe in die Gruft hinein. „Passt auf, hier geht es einige Stufen nach unten."

„Was ist das?" Sarah stand vor einem großen Steinblock, der an die drei Meter hoch sein musste. Ihre Worte hallten in dem großen Raum wider. „Hier steht etwas: *Wer sich nicht an die Vergangenheit erinnert, ist dazu verurteilt, sie zu wiederholen.*"

Pauls Vater setzte zu einer Erklärung an: „Das muss es sein. Das ist eindeutig ein Hinweis auf die Vergangenheit. Hier sind wir bestimmt richtig. Ich glaube, dass ..."

„Hallo? Hallo, ist da jemand? Polizei hier!", rief plötzlich eine ihnen bekannte Stimme vom Eingang her.

„Ja, hier unten."

Dominik sah einen Scheinwerferstrahl hin und her wandern. Dann erkannte er den Mann, der sie gerufen hatte. „Freddy, was machst du denn hier?"

„Hallo, Kinder, Herr Steinbach. Wenn ich mir die Gegenfrage erlauben darf: Was macht *ihr* hier unten? Wir haben einen Notfall."

„Einen Notfall?", schreckte Sarah auf.

Pauls Vater erklärte, dass sie mitten in einer historischen Entdeckung stecken. „Meine Arbeit geht jetzt erst richtig los. Ich muss hier so viel untersuchen und ..."

„Nein. Das geht auf gar keinen Fall! Ihr müsst unbedingt sofort die Gruft verlassen."

„Aber das können Sie doch nicht machen! Wissen Sie, welch bedeutsamer Schatz hier vermutlich liegt?" Pauls Vater konnte es nicht glauben.

„Herr Steinbach, ich mache keine Scherze."

„Aber was ist denn so wichtig, dass Sie uns hier vertreiben wollen?"

„Das ist ganz einfach. Wir haben den zweiten Sprengsatz gefunden."

„Na, das ist doch super!", freute sich Pauls Vater.

„Unter der Gruft."

Schlagartig wich alle Farbe aus dem Gesicht von Pauls Vater. „Was sagen Sie da?", fragte er leise.

„Wie Sie vermutlich bereits wissen, führt unter dem Barockgarten ein Teil der alten Kanalisation entlang. Nach einer umfassenden Suchaktion konnten wir den Standort des zweiten Sprengsatzes ermitteln. Und zwar genau unter uns."

„Waaas?" Pures Entsetzen war in Markus' Gesicht geschrieben. „Ddddas ist unmöglich! Soll das heißen, die Gruft könnte jeden Augenblick in die Luft fliegen?"

„Genau das. Und deshalb müssen wir schnell von hier verschwinden." Gerade knarzte das Funkgerät, das Freddy an der Schulter angebracht hatte. „Hier ist Hardy. Wir haben den Sprengsatz jetzt analysiert und hoffen, ihn von der Funksteuerung trennen zu können. Unser Störsender ist aktiv."

Während sie nach draußen liefen und einen großen Sicherheitsabstand einnahmen, hörten sie alle paar Sekunden Informationen von Freddys Kollegen, dem Bombenentschärfer.

„Sag mal, Freddy, wie habt ihr denn die Bombe überhaupt gefunden?" Samuel war neugierig.

Freddy schmunzelte. „Ich vermute mal, du kennst bereits unsere neuen Polizeidrohnen?"

„Du meinst die kleinen weiß-schwarzen Minidrohnen, die so leise sind, dass man sie kaum hört? Hab ich zumindest gelesen."

„Genau die. Diese Drohnen können in Gruppen eingesetzt werden und sind in der Lage, ein großes Areal abzufliegen und dabei Funkstörungen zu ermitteln. Auf diese Weise konnten wir eine Ortsbestimmung für eine ganz bestimmte Funkfrequenz vornehmen. Nämlich die zweite, die vom Funkverteiler verstärkt wurde."

Da krächzte das Sprechfunkgerät wieder. „Ich habe das Funkmodul erfolgreich von der Steuerung des Sprengsatzes trennen können. Jetzt beginne ich damit, den Sprengsatz zu entschärfen. Kleine Randnotiz: Dieser Sprengsatz scheint demselben Konstruktionsplan zu folgen wie der Sprengsatz aus dem Kloster."

Pauls Vater schluckte einen dicken Kloß runter.

„Ich glaube, wir haben es gleich geschafft", war aus dem Funkgerät zu hören. „Nur noch der grüne Draht, dann ... oh nein! Notfall! Wir kommen sofort raus!" Sie hörten den Mann nur noch hecheln und seinen Kollegen antreiben. Plötzlich erschütterte eine Explosion die Erde.

„Neeeein!", schrie Pauls Vater reflexartig.

Direkt neben der Gruft brach die Erde auf, und eine Feuerzunge stieß in den Himmel. Zum Glück erlosch sie schnell wieder. Dicker schwarzer Qualm quoll aus der Gruft.

Sein Vater war auf die Knie gesunken und hatte den Kopf in die Hände vergraben. „Alles umsonst."

Paul und seine Freunde wussten im ersten Moment gar nicht, was sie sagen sollten.

„Seid ihr in Ordnung? Hardy?", rief Freddy ins Funkgerät.

Es krächzte wieder. „Ja, alles klar."

„Was ist passiert?"

„Beim Entschärfen des primären Sprengsatzes wurde ein sekundärer Sprengsatz mit Zeitzünder aktiviert. Aber dieser zweite Sprengsatz war zu weit entfernt. Wir hatten keine Zeit mehr, ihn zu entschärfen und brachten uns in Sicherheit. Ist bei euch oben alles okay?"

„Ja, alles okay hier. Wenn nichts dagegenspricht, werde ich jetzt den Statiker reinschicken." Freddy nahm sein Handy und rief jemanden an.

Kurze Zeit später kam ein Mann auf sie zu und stellte sich als der angeforderte Statiker vor. Gemeinsam mit Freddy betrat er die Gruft und untersuchte sie. Als sie wieder herauskamen, unterhielten sie sich noch kurz, dann verließ der Statiker den Garten.

Freddy kam auf die wartenden Freunde zu und erklärte: „Der Statiker hat die Stabilität der Gruft untersucht und muss noch prüfen, inwiefern die Kanalisation einsturzgefährdet ist."

Minuten später, die ihnen wie eine Ewigkeit vorkamen, klingelte Freddys Handy. Der Statiker hatte die Kanalisation untersucht und keine nennenswerten Schäden gefunden.

Freddy erklärte: „Er sagte mir, dass die Leute, die diesen zweiten Sprengsatz gelegt haben, ziemlich dumm waren und ihn unterhalb eines Abflussgitters platziert hatten. Dadurch hat sich der Großteil der Sprengkraft direkt nach oben entladen. Die Umgebung, einschließlich der Gruft, ist weitgehend unbeschädigt geblieben."

Erst jetzt schien Markus wieder zu atmen.

„Allerdings", fuhr Freddy fort, „kann man das schon fast als ein Wunder bezeichnen. Die richtige Bombe hätte nicht nur die Gruft zerstört. Sie war in unmittelbarer Nähe einer Gasleitung installiert. Nicht auszudenken, was hier alles in die Luft geflogen wäre."

„Dann hat dein Kollege Hardy sozusagen halb Villstein gerettet?", erkannte Sarah.

„Puhh, ja. Ich glaube, das kann man so sagen. Wenn dieser Sprengsatz explodiert wäre, dürfte ein großer Teil des Barockgartens sowie ein Stück der Altstadt zerstört worden sein. Ich werd ihm heute Abend einen ausgeben."

Freddy führte Markus und die Kinder zur Gruft, und gemeinsam stiegen sie in den großen Raum hinab. Links und rechts an den Wänden erkannte Dominik mehrere Urnen und Särge. Der Raum schien fast quadratisch zu sein, und in der Mitte stand ein großer Steinblock.

„Der Monolith", erklärte Sarah, „hat Risse bekommen."

Paul vermutete: „Das muss die Explosion gewesen sein."

„Hm, nein. Das kann eigentlich nicht sein. Dafür war sie nicht stark genug. Aber Moment mal ..." Er nahm die Minihacke zur Hand, die er extra mitgenommen hatte, und begann, den Riss zu vergrößern. Als Freddy darauf leuchtete, blitzte etwas hervor. Markus hackte weiter. „Ich glaube fast, diese Steinschicht ist künstlich. Das fühlt sich so ähnlich an wie antiker Mörtel." Auf einmal brach ein großes Stück ab und gab das Innenleben des Monolithen frei.

„Wooowww!", staunten die Kinder.

„Ja, aber ... ist denn das die Möglichkeit?" Pauls Vater bekam große Augen.

„Haben Sie vielleicht danach gesucht, Herr Steinbach?"

Hoch konzentriert klopfte Pauls Vater Zentimeter für Zentimeter die äußere Steinschicht ab, bis schließlich drei etwa gleich große, dicht beschriebene Steinsäulen erkennbar waren. „Das ... dddas ... das sind antike ...", stotterte er völlig aufgelöst. Mit zitternden Händen zog er die erste Stele heraus und begann sie genauer zu untersuchen. „Ich erkenne eingravierte Schriftzeichen. Althebräisch, glaube ich. Manches ist ausgebrochen. Aber hier steht: ... *sagt der Schreiber des Hauses Sauls, erster König über Israel.* Wisst ihr, was das bedeutet?"

„Was steht auf den anderen Steinen?", wollte Dominik ungeduldig wissen.

„Stelen nennt man diese Steinblöcke übrigens, die es in unterschiedlichen Größen gibt." Pauls Vater entnahm die mittlere Stele und drehte sie um ihre eigene Achse. „Siehst du? Sie sind ringsum mit eingraviertem Text beschrieben. Das kann man am besten mit einer Diskette oder warte – einer Speicherkarte – vergleichen."

„Was steht da, Paps?" Paul konnte regelrecht beobachten, wie der Puls seines Vaters anstieg.

„Hier steht etwas vom Haus Davids: *David nahm von ihm 1700 Berittene und 20000 Mann Fußvolk gefangen*, das klingt nach einem Eintrag aus der Bibel, aus 2. Samuel 8."

Pauls Vater las weiter und murmelte freudig erregt: „Das ist eine Liste von Davids Kriegen, hier Amtsleute ... ich ... ich fasse es nicht."

Auch Sarah war inzwischen neugierig geworden. „Na, jetzt bin ich aber gespannt, was auf der dritte Säule – ähm, ich meinte Stele – steht."

Behutsam entnahm Pauls Vater die dritte Stele und platzte heraus: „Salomo! Ich glaub, mir wird schlecht."

Freddy runzelte die Stirn. „Ist das nicht gut?"

Pauls Vater holte tief Luft und konnte die Tränen nicht mehr zurückhalten. „Sie machen sich keine Vorstellung. Bisher gibt es, meines Wissens, nur zwei ähnliche Stelen mit bedeutenden historischen Informationen: die Tel-Dan-Stele und die Mescha-Stele. Wenn diese Stelen sich als echt erweisen, wäre das eine Sensation in der Welt der Geschichtswissenschaft und der Archäologie. Denn damit hielten wir drei – quasi in Stein gemeißelte – Beweise für die historische Existenz des israelitischen Königreiches in den Händen. Saul, David und Salomo stellen die biblische Basis des Königreiches Israels dar."

„Das ist wahrlich ein grandioses zweites Testament!", stellte Dominik fest. „Denn wenn damit die historische Grundlage des Volkes Israels bewiesen wird, muss man logischerweise auch den Rest ernst nehmen."

„Jetzt verstehe ich die Inschrift des Monolithen", murmelte Samuel. *„Wer die Vergangenheit vergisst, ist dazu verurteilt, sie zu wiederholen.* Das könnte man durchaus auf die Bibel beziehen. Darin hat Gott sein Volk Israel viele Male erziehen müssen. Immer wieder haben die Israeliten Mist gebaut. Als hätten sie ihre eigene Vergangenheit vergessen."

„Genau wie wir", seufzte Sarah. „Ich glaube manchmal, die Menschen lernen nichts aus ihrer Vergangenheit. Sonst würde es nicht ständig so viele Kriege geben."

„Hm, was ist das hier, Markus?" Dominik hatte noch etwas entdeckt.

Pauls Vater richtete sich auf und schaute an die Stelle, wo die mittlere Stele gesteckte hatte. „Ein Symbol. Der Orden der Archivare, würde ich sagen. Sie haben es vermutlich als eine Art Echtheitssiegel hinterlassen. Aber ... etwas stimmt damit nicht." Jetzt beugte er sich etwas näher heran und stutzte. „Merkwürdig. Was macht dieser Strich hier daneben? Oder nein, das ist eher eine Welle. Hm ... ich werde am besten gleich mal meinen alten Mentor, Professor Jeremiah Cardiff, in Schottland anrufen. Ich muss ihm ohnehin von meiner Entdeckung berichten."

„Au weia!", schrie Sarah plötzlich auf. „Wir haben unsere Theateraufführung ganz vergessen."

„Oh Mann!" Samuel sprang auf und schaute auf die Uhr. „In zehn Minuten geht's los. Die müssen schon auf glühenden Kohlen sitzen. Markus, würdest du ...?"

„Selbstverständlich. Wir wickeln die Stelen in meine Jacke ein. Ich möchte sie ungern hier zurücklassen. Los geht's!"

Acht Minuten später trafen die vier Freunde an der Rehaklinik ein.

Karl hüpfte schon ganz ungeduldig von einem Beim aufs andere. „Mensch, da seid ihr ja endlich! Jetzt aber nichts wie rein mit euch und umziehen."

Die Theateraufführung wurde schließlich ein voller Erfolg. Es gab tosenden Applaus. Schwester Mary hatte nicht zu viel erhofft. Die Kinder der Station strahlten überglücklich. Als Sarah sich von ihnen verabschieden wollte, umarmte das kleine Mädchen sie auf einmal ganz fest. Zum ersten Mal sagte es etwas: „Danke."

Mary hielt vor Erstaunen die Hand vor den Mund, und eine dicke Träne rollte über ihre Wange. Freude strahlend ging sie zu Sarah, Paul, Dominik und Karl und bedankte sich bei ihnen für ihren Einsatz. „Ich würde mich riesig freuen, wenn ihr uns mal wieder besuchen kommt. Ach, was rede ich – wir alle würden uns sehr freuen."

Zum Erstaunen aller preschte Karl vor. „Aber klar doch, Mary! Wir sind da, wenn du uns brauchst."

Nach der Theateraufführung verließ Pauls Vater die Klinik und wartete am Auto auf Paul und seine Freunde. Gedankenversunken lehnte er an der Kofferraumklappe und starrte in den Abendhimmel.

Dominik schwärmte: „Oh Mann, Markus. Das war absolute Sahne, wir ..."

„Paps? Alles in Ordnung?", fragte Paul. Sein Vater schien halb abwesend zu sein.

„Ja, nein. Also, ich weiß nicht."

„Was ist los?"

„Hm ... ich wollte mit Professor Cardiff sprechen. Doch als ich vorhin in seinem Büro in Schottland anrief, meldete sich ein Polizeibeamter und erklärte mir, das Büro des Professors sei völlig verwüstet worden. Er wird seit drei Wochen vermisst."

Dominik und seine Freunde schauten sich mit großen Augen an. Wartete da etwa schon das nächste Abenteuer auf sie?

Dann begann Samuel auf einmal breit zu grinsen: „Na, zum Glück sind ja bald Herbstferien, nicht wahr?"

Und alle mussten lachen.

Zum Nachlesen ...

Verzeichnis der im Buch genannten Bibelstellen:

Auf Seite 31 spricht Gott sich klar gegen Zauberei aus.
Bibelstelle: 5. Mose 18,10-11 *(Elberfelder Bibel)*:

Bei dir soll keiner gefunden werden ... der wahrsagt, kein Zauberer, Beschwörer oder Magier, kein Bannsprecher oder Totenbeschwörer und keiner, der einen Totengeist oder Wahrsager befragt.

Auf Seite 32 lernst du Gottes Waffenrüstung kennen.
Bibelstelle: Epheser 6,11-17 *(Neue evangelistische Übersetzung)*:

Zieht die volle Rüstung Gottes an, damit ihr den heimtückischen Anschlägen des Teufels standhalten könnt.

Auf Seite 87 geht es um Jesus als unseren Hirten.
Bibelstelle: Johannes 10,7 (*Luther-Bibel*):

Ich bin die Tür zu den Schafen.

Auf Seite 101 erfährst du etwas über Fehler und Verantwortung.
Bibelstelle: 2. Samuel 11–12,23 *(Neue evangelistische Übersetzung)*:

Da sagte David zu Nathan: Ich habe gegen den HERRN gesündigt. Und Nathan sagte zu David: So hat auch der HERR deine Sünde hinweggetan, du wirst nicht sterben.

Auf Seite 102 erfährst du, worauf es Gott wirklich ankommt.
Bibelstelle: 1. Samuel 16,7 *(Elberfelder Bibel)*:

Denn der Mensch sieht auf das, was vor Augen ist,
aber der HERR sieht auf das Herz.

Auf Seite 186 zitiert Markus einen Abschnitt über Davids Ruhm.
Bibelstelle: 2. Samuel 8,3 *(Elberfelder Bibel)*:

Und David nahm von ihm 1700 Berittene
und 20000 Mann Fußvolk gefangen.

Zum Nachforschen ...

Tipps und Wissenswertes:

 # Stadt Villstein
Die im Buch beschriebene Stadt Villstein ist frei erfunden, allerdings gibt es dort eine Menge zu entdecken. Einige Informationen findest du bereits in diesem Buch.
Hier gibt es noch mehr: *www.testament7.de/villstein*

 # Geschichte der Flößerei
Bereits im späten 12. Jahrhundert wurde Holz auf dem Wasser transportiert. Band man mehrere Baumstämme zusammen, ergab das ein Floß, das man als Transportmittel für Personen und Waren nutzen konnte. Dabei wurde das Holz häufig aus den waldreichen Berggegenden ins Flachland transportiert. Es war ein harter Job für die Flößer.
Mehr unter: *www.testament7.de/geschichte/floesserei*

 # Geschichte der *Alten Lady*
Bereits Mitte des 19. Jahrhunderts florierte in Deutschland die dampfgetriebene Industrie. Einige Dampflokomotiven waren besonders kräftig und verfügten über verbesserte Technologien. So auch die *Alte Lady* – eine bayerische G5/5 (spätere BR57), das neue Hauptquartier unserer vier Abenteurer.
Mehr unter: *www.testament7.de/geschichte/g5-br57*

 # Minihacke
Wofür braucht ein Archäologe eigentlich eine Minihacke? Neben Schaufel, Pinsel, Sieb und Bodenradar gilt die Minihacke noch immer als eines der wichtigsten Werkzeuge, wenn alte Zeitzeugen ausgeraben werden.
Hier erfährst du mehr: *www.testament7.de/tipps/minihacke*

Und so begann es ...

Testament7 (Teil 1) – Das Buch der Wahrheit

Gb., 192 S.
ISBN 978-3-86353-582-7
Best.-Nr. 271 582

Das Abenteuer geht weiter!

Das Team rund um Paul, Dominik, Sarah und Samuel hat das zweite der sieben Testamente gefunden. Wenn du wissen möchtest, wie und wann es weitergeht, dann laden wir dich gern ein, auf unserer Website ein wenig zu schmökern. Dort findest du Informationen rund um unser Team, die Stadt Villstein und viele weitere interessante Themen.

Vielen Dank fürs Lesen und bis bald! ;)

Im Internet findest du uns unter:
www.testament7.de

Oder du scannst den folgenden QR-Code
mit deinem Smartphone ein: